문학의 매혹,
소설적 인간학

이병주를 위한 변명

문학의 매혹,
소설적 인간학

이병주를 위한 변명

김종회 지음

비아북스
BvBooks

서사성의 복원과 이병주 문학의 재발견

왜 지금 여기서 다시 이병주인가

이병주는 우리 인생사에 있어서 문학이 어떻게 '매혹'이 될 수 있는 가를 깊이 깨달았던 작가다. 정치 · 경제 · 사회 · 문화의 여러 절목 가운데서 언제나 약자요 소수자의 자리를 지키고 있는 것이 문학이다. 그러나 문학은 외형적인 한정성을 넘어서 인간의 정신과 영혼의 문제를 다룬다. 유다른 소득이나 풍요로운 내일을 약속하지 않는데도 많은 사람이 문학의 편에 손을 드는 이유다. 이병주는 이 인간사 인생사의 문맥을 기민하게 인식했고, 시대적 삶의 진실은 오직 문학적 담화를 통해 구명할 수 있다고 믿었다.

그가 장편소설 『산하』의 에피그램으로 제시한 "태양에 바래이면 역사가 되고 월광에 물들면 신화가 된다"는 언표, 그리고 그의 어록에 남아 있는 "역사는 산맥을 기록하고 나의 문학은 골짜기를 기록한다"는 진술은, 곧 이와 같은 문학적 시각을 대변한다. 바로 그 문학관(文學觀)

으로 그는 한국 근·현대사와 사회를 새롭게 조망하는 장편소설들을 썼다. 『바람과 구름과 비』에 이어 『관부연락선』·『지리산』·『산하』 3부작, 『그해 오월』과 『행복어사전』 등이 여기에 해당하는 작품들이다. 작가로서 그는 문·사·철(文·史·哲)에 두루 능숙했으며, 한국문학에 있어서 작품을 통해 정치 토론이 가능한 거의 유일한 범례다.

무엇보다 그는 직접 작품 활동을 하던 현역 시절에 가장 많이 읽힌 작가였다. 그의 문학은 이야기의 재미와 체험의 역사성을 강력하게 담보한다. 곳곳에 박학다식과 박람강기(博覽强記)가 넘친다. 이러한 글쓰기의 미덕은 어쩌면 선물처럼 주어지는 축복이지 후천적 노력으로 강작하기 어려운 것이다. 더욱이 그의 문학에는 글 읽기를 통해 체득할 수 있는 인생에 대한 지혜와 경륜이 잠복해 있다. 그처럼 소중한 작가 이병주를, 한국문학은 오랫동안 잊고 지내왔다. 그 연유를 밝히는 일은 쉽기도 하고 어렵기도 하다. 중요한 사실은 근자에 이르러 경남 하동의 이병주문학관과 이병주국제문학제를 중심으로, 이 작가와의 대중적 만남이 새로운 지경을 열어가고 있다는 점이다.

이 책 또한 그러한 경향과 변화의 국면을 반영하는 사례라 할 수 있다. 그의 작품에서 추수할 수 있는, 그리고 작가의식의 심층을 관찰할 때 도출할 수 있는 휴머니즘의 세계관은 기실 한국문학에 있어서 흙 속에 숨은 옥석 같은 것이다. 돌이켜 보면 내 안고수비(眼高手卑)의 역량으로 그 수확의 길에 동참한 것이 벌써 15년 세월이다. 책의 이름을 '문학의 매혹, 소설적 인간학'이라 붙인 것은 그동안의 소회를 압축하고자한 결과다. 부제를 '이병주를 위한 변명'이라 한 것도 그렇다. 일찍이 장폴 사르트르가 『지식인을 위한 변명』이란 책을 썼고 한국의 원로 비평가 김윤식 선생이 『우리 소설을 위한 변명』이란 평론집을 내었지만, 이병주야 말로 누군가 그 문학의 의미와 가치를 '변명'해 주어야 한다는 것이 내 오랜 생각이었다.

이 책은 모두 3개의 장으로 구성되어 있다. 1장에서는 이병주 소설에 대한 작가 · 작품론을, 2장에서는 작가의 인간적 면모와 그의 기념 사업에 대한 글을 묶었다. 그리고 3장에서는 가장 최근까지 정리된 작가 연보와 연구 서지를 한데 모았다. 여기에는 『작가의 탄생』이란 제목으로 이병주 평전을 쓴 정범준 작가와 이병주 문학 연구자인 노현주, 추선진, 강은모 박사의 글을 참고하거나 빌려 왔다. 연보에 나타나 있는 바와 같이 김윤식 선생과 함께 저자가 엮은이로 재출간 한 소설 · 에세이 · 연구서(도서출판 바이북스 발행)도 모두 20여 권에 이른다. 이러한 간 행사업은 앞으로도 계속될 것이다.

이병주 문학에 대한 공동의 연구서는 『역사의 그늘, 문학의 집』(김윤식 · 임헌영 · 김종회 책임편집, 한길사, 2008) 이래 『문학과 역사의 경계-낭만적 휴머니스트 이병주의 삶과 문학』(김윤식 · 김종회 엮음, 바이북스, 2010)과 『이병주 문학의 역사와 사회 인식』(김윤식 · 김종회 외, 바이북스, 2017)이 있다. 그리고 작가론총서 『이병주』(김종회 편, 국학자료원, 2017)가 상재중이다. 이 책이 이러한 이병주 연구의 흥성과 성과에 조그마한 기여를 할 수 있다면 더 바랄 것이 없겠다. 이병주 문학에 대한 특별한 관심으로 지금까지 함께 한 도서출판 바이북스에 마음으로부터 감사드린다.

2017년 5월

지은이 김종회

차례

1장 │ 이병주 소설의 탐색

1 ॥ 장

이병주
소설의
탐색

이병주 문학에 나타난
역사의식의 성격

1. 머리말

작가 이병주는 1921년 경남 하동에서 출생하여 일본 메이지대학 문예과에서 수학했으며, 진주농과대학과 해인대학 교수, 부산 국제신보 주필 겸 편집국장을 역임했다. 1992년에 타계했으니 유명을 달리한 지 25년이 지났다.

마흔네 살의 늦깎이 작가로 출발하여 한 달 평균 200자 원고지 1천 매, 총 10만여 매의 원고에 단행본 80여 권의 작품을 남긴 이병주 문학은, 그 분량에 못지 않은 수준으로 강력한 대중친화력을 촉발했다. 그와 같은 대중적 인기와 동시대 독자에의 수용은 한 시기의 '정신적 대부'로 불릴 만큼 폭넓은 영향력을 발휘했고, 이 작가를 그 시대에 있어서 보기 드문 면모를 가진 인물로 부상시키는 추동력이 되었다.

이상에서 거론한 이력이 그가 40대에 작가로 입문한 이후 겉으로 드러난 주요한 삶의 행적이다.

그러나 그 내면적인 인생유전은 결코 한두 마디의 언사로 가볍게 정의할 수 없는 험난한 근대사의 굴곡과 함께했다.

기실 이 기간이야말로 일제 강점기로부터 해방공간을 거쳐, 남과 북의 이데올로기 및 체제 대립과 6·25동란 그리고 남한에서의 단독정부 수립 등, 온갖 파란만장한 역사 과정이 융기하고 침몰하던 격동기였다.

그처럼 극적인 시기를 관통하며 지나오면서, 한 사람의 지식인이 이렇다 할 상처없이 살아남기란 애초부터 불가능한 일이었던 것이다.

지금까지 알려져 있는 그의 삶은 몇 편의 장대한 소설로 씌어질 만한 것인데, 그러한 객관적 정황을 외면하지 않고 그는 스스로 소유하고 있는 탁월한 글쓰기의 능력을 발동하여, 우리 근대사에 기반을 둔 역사 소재의 소설들을 썼다.

그런 만큼 이러한 성향으로 그가 쓴 소설들은 상당 부분 자전적인 체험과 세계인식의 기록으로 채워져 있다. 특히 『관부연락선』은 이 유형의 대표적인 작품이라 할 수 있다.

이병주에 대한 연구는, 이 작가의 작품이 높은 대중적 수용을 보인 바에 비추어 보면 그렇게 활발하게 이루어지지 못했다.

그러나 그의 사후 10년이 되던 2002년부터 기념사업이 시작되고 2007년부터 본격적이고 국제적인 기념사업회가 발족[1]한 이래 다양한

---

1) 이병주기념사업회는 김윤식·정구영을 공동대표로 2007년에 발족하여 전집 발간, 이병주하동국제문학제 개최, 이병주국제문학상 시상, 이병주문학 학술세미나 등의 행사를 시행해 오고 있다.

연구가 촉발되었다.

그간의 연구 성과는 대개 세 부분으로 나눌 수 있는데, 작가 연구, 장편소설『지리산』연구, 작품 연구 등이 그 항목이다. 작가 연구는 이병주의 작품 세계 전반에 대한 연구를 말하며,『지리산』연구는 대표작『지리산』에 연구가 집중되어 있는 현상을 말하고, 작품 연구는 여러 다양한 작품들에 대한 개별적인 연구를 말한다.

작가 연구에 있어서는 작품의 역사성과 시대성, 사회의식 및 학병 세대의 세계관과 관련된 연구들이 주를 이루고 대표적 연구로는 이보영[2], 송재영[3], 이광훈[4], 김윤식[5], 김종회[6], 송하섭[7], 강심호[8], 이형기[9] 등의 글이 주목할 만하다.

이 글들은 이병주의 세계를 총체적 시각으로 살펴보면서, 그것의 통

2) 이보영, 「역사적 상황과 윤리—이병주론」, 『현대문학』, 1977. pp.2~3.

3) 송재영, 「이병주론—시대증언의 문학」, 『현대문학의 옹호』, 문학과지성사, 1979.

4) 이광훈, 「역사와 기록과 문학과…」, 『한국현대문학전집 48』, 삼성출판사, 1979.

5) 김윤식, 「작가 이병주의 작품세계—자유주의 지식인의 사상적 흐름을 대변한 거인 이병주를 애도하며」, 『문학사상』, 1992. 5. 「'위신을 위한 투쟁'에서 '혁명적 열정'에로 이른 과정—이병주 문학 3부작론」, 『2007 이병주하동국제문학제』, 이병주기념사업회, 2007.

6) 김종회, 「근대사의 격랑을 읽는 문학의 시각」, 『위기의 시대와 문학』, 세계사, 1996.

7) 송하섭, 「사회 의식의 소설적 반영—이병주론」, 『허구의 양상』, 단국대학교출판부, 2001.

8) 강심호, 「이병주 소설 연구—학병세대의 내면의식을 중심으로」, 서울대학교 국어국문학과, 『관악어문연구』 제27집, 2002.

9) 이형기, 「지각 작가의 다섯 가지 기둥—이병주의 문학」, 『나림 이병주선생 10주기기념 추모선집』, 나림이병주선생기념사업회, 2002.

합적 의미를 추출하는 데 주안점을 두고 있다.

『지리산』 연구에 있어서는, 대표작 『지리산』을 중점적으로 다룬 것으로 임헌영[10], 정호웅[11], 정찬영[12], 김복순[13], 이동재[14] 등의 글이 주목할 만하다.

이 글들은 『지리산』이 좌·우익 이데올로기의 상충을 배경으로 당대를 살았던 곤고한 젊은 지식인들의 내면 풍경과, 지리산으로 들어가 파르티잔이 될 수밖에 없었던 이들의 정황을 소설적 이야기와 함께 추적하고 있다.

작품 연구에 있어서는, 무려 80여 권에 달하는 이 작가의 방대한 세계 중에서도 문학성이 뛰어난 작품들을 다룬 것으로 김주연[15], 이

---

10) 임헌영, 「현대소설과 이념문제─이병주의 『지리산』론」, 『민족의 상황과 문학사상』, 한길사, 1986.

11) 정호웅, 「지리산론」, 문학사와비평연구회 편, 『1970년대 문학연구』, 예하, 1994.

12) 정찬영, 「역사적 사실과 문학적 진실─『지리산』론」, 문창어문학회, 『문창어문논집』 제36집, 1996. 12.

13) 김복순, 「지식인 빨치산' 계보와 『지리산』」, 명지대학교 부설 인문과학연구소, 『인문과학연구논집』 제22호, 2000. 12.

14) 이동재, 「분단시대의 휴머니즘과 문학론─이병주의 『지리산』」, 한국현대소설학회, 『현대소설연구』 제24호, 2004. 12.

15) 김주연, 「역사와 문학─이병주의 「변명」이 뜻하는 것」, 『문학과지성』 제11호, 1973년 봄호.

형기[16], 김외곤[17], 김병로[18], 이재선[19], 김종회[20], 이재복[21], 김인환[22], 이광훈[23], 임헌영[24], 정호웅[25], 조남현[26], 김윤식[27] 등의 글이 주목할 만하다. 이 글들은 단편에서 장편에 이르기까지 다양한 문학적 관심을 보인 글들을 분석·비평하고 있으며 그 각기의 소설적 가치를 추출하고 검증해 보인다.

이병주의 작품 세계가 광활한 형상으로 펼쳐져 있는 만큼, 작가 작품론도 큰 부피의 형식적 구분만 가능할 뿐 일정한 유형에 따라 조직적인

16) 이형기, 「이병주론―소설 『관부연락선』과 40년대 현대사의 재조명」, 권영민 엮음, 『한국현대작가연구』, 문학사상사, 1991.

17) 김외곤, 「격동기 지식인의 초상―이병주의 『관부연락선』」, 『소설과사상』, 1995. 9.

18) 김병로, 「다성적 서사담론에 나타나는 현실인식의 확장성 연구―이병주의 「소설·알렉산드리아」를 중심으로」, 한국언어문학회, 『한국언어문학』 제36집, 1996. 5.

19) 이재선, 「이병주의 「소설·알렉산드리아」와 「겨울밤」」, 『현대한국소설사』, 민음사, 1996.

20) 김종회, 「한 운명론자의 두 얼굴―이병주의 소설 「소설·알렉산드리아」에 대하여」, 나림이병주선생 12주기 추모식 및 문학강연회 강연, 2004. 4. 30.

21) 이재복, 「딜레탕티즘의 유희로서의 문학―이병주의 중·단편 소설을 중심으로」, 나림이병주선생 13주기 추모식 및 문학강연회 강연, 2005.

22) 김인환, 「천재들의 합창」, 『그 테러리스트를 위한 만사』, 한길사, 2006.

23) 이광훈, 「행간에 묻힌 해방공간의 조명」, 『산하』, 한길사, 2006.

24) 임헌영, 「기전체 수법으로 접근한 박정희 정권 18년사」, 『그해 5월』, 한길사, 2006.

25) 정호웅, 「망명의 사상」, 『마술사』, 한길사, 2006.

26) 조남현, 「이데올로그 비판과 담론 확대 그리고 주체성」, 『소설·알렉산드리아』, 한길사, 2006.

27) 김윤식, 「이병주의 처녀작 「내일 없는 그날」과 데뷔작 「소설·알렉산드리아」 사이의 거리재기」, 『한국문학』, 2007년 봄호.

전개를 보이지 못한 것이 사실이다. 특히 여기서 서술하려 하는 '역사의식'의 성격에 관해서는, 연구사에 있어 유사한 사례를 찾기 어렵다. 그동안 그의 작품이 가진 역사성과 그것의 소설적 담론화에 대한 주목이 중심을 이루어온 데 비추어 이를 기층의식의 발현이라는 측면에서 살펴보는 효용성을 가진다고 보며, 그런 점에서 '역사의식'의 본질과 성격을 구명하는 일이 일정한 의의를 가진다고 할 수 있을 것이다.

이 글에서는 그와 같은 작가 이병주에 대한 인식을 바탕으로, 그의 소설문학에 나타난 역사의식의 성격을 고찰하고 규명하는 데 목표를 둔다. 이를 위해 먼저 작가의 전반적인 작품세계의 전개와 그 경향 및 의미에 대해 살펴본 다음, 특히 장편소설 『관부연락선』[28]을 중심으로 그의 역사의식이 어떻게 실제의 작품에 나타나고 있는지를 살펴볼 것이다.

2. 역사의식의 배태와 그 경향

이병주의 데뷔작 「소설 · 알렉산드리아」를 읽고 그 독특한 세계와 문학성에 놀란 여러 사람의 글을 볼 수 있다. 뿐만 아니라 그로부터 40여 년이 지난 오늘에 그 작품을 다시 읽어 보아도 한 작가에게서 그만한 재능과 역량이 발견되기는 참으로 쉽지 않은 일이겠다는 독후감을

---

28) 이병주의 장편소설 『관부연락선』은 1972년 신구문화사에서 간행되었으나, 여기에서는 2006년 한길사에서 발간된 『이병주 전집』 전 30권 중 『관부연락선』(2권)을 저본으로 한다.

얻을 수 있다.

산뜻하면서도 품위 있게 진행되는 이야기의 구조, 낯선 이국적 정서를 작품 속으로 끌어들여 쉽게 접근할 수 있도록 용해하는 힘, 부분부분의 단락들이 전체적인 얼개와 잘 조화되면서도 수미 상관하게 정리되는 마무리 기법 등이 이 한 편의 소설에 편만(遍滿)하게 채워져 있었으니, 작가로서는 아직 무명인 그의 이름을 접한 이들이 놀라는 것은 무리가 아니었다.

작가는 자신의 문학적 초상에 관해 서술한 글에서, 이 작품을 두고 '소설의 정형'을 벗어난 것이지만 그로써 소설가로서의 자신이 가진 자질을 가늠할 수 있었다고 적었는데, 미상불 그 이후에 계속해서 발표된 「마술사」, 「예낭 풍물지」, 「쥘부채」 등에서는 소설적 정형을 온전히 갖추면서도 오히려 그것의 고정성을 넘어서는 창작의 방식을 보여 주기 시작했다.

이러한 초기의 작품들에는 문약한 골격에 정신의 부피는 방대한 문학청년이 등장하며, 거의 모든 작품에 '감옥 콤플렉스'가 나타난다. 이는 작가의 현실 체험이 반영된 한 범례이며 향후 지속적으로 그의 소설 구성에 있어 하나의 원형이 된다.[29]

이 초기의 단편에서 장편으로 넘어가는 그 마루턱에서 작가는 『관부연락선』을 썼다. 일제 말기의 5년과 해방공간의 5년을 소설의 무대

---

29) 김종회, 「근대사의 격랑을 읽는 문학의 시각」, 『위기의 시대와 문학』, 세계사, 1996, p.216.

로 하고 거기에 숨은 뒷그림으로 한 세기에 걸친 한일관계의 긴장을 도입했으며, 무엇보다도 일제 하의 일본 유학과 학병 동원 그리고 그 과정에서의 교유관계 등 작가 자신이 걸어온 핍진한 삶의 족적을 함께 서술했다.

그러면서 이 소설은 그 이후 더욱 확대되어 전개될 역사 소재 장편소설들의 외형을 예고하는 중요한 이정표가 된다. 『산하』와 『지리산』 같은 대하장편들이 그 나름의 확고한 입지를 가질 수 있는 것은, 『관부연락선』에서부터 보이기 시작한 역사적이고 시대적인 사실과 문학의 예술성을 표방하는 미학적 가치가 서로 씨줄과 날줄이 되어 교직될 수 있었기 때문이다. 이 소설적 판짜기의 구조를 통하여, 그는 역사를 보는 문학의 시각과 문학 속에 변용된 역사의 의미를 동시에 구현할 수 있었던 것이다.

특히 역사와 문학의 상관성에 대한 그의 통찰은 남다른 데가 있어, 역사의 그물로 포획할 수 없는 삶의 진실을 문학이 표현한다는 확고한 시각을 정립해 놓았다. 표면상의 기록으로 나타난 사실과 통계수치로서는 시대적 삶이 노정한 질곡과 그 가운데 개재해 있는 실제적 체험의 구체성을 제대로 반영할 수 없다는 논리였던 것이다.

그런데 문제는 그가 남겨 놓은 이와 같은 값있는 작품들과 문학적 성취에도 불구하고, 당대 문단에서 그에 대한 인정이 적잖이 인색했으며 또한 그의 작품세계를 정석적인 논의로 평가해 주지 않았다는 데 있다. 물론 거기에는 일정한 원인이 있다.

그가 활발하게 장편소설을 쓰기 시작하면서 역사 소재의 소설들과는 다른 맥락으로 현대사회의 애정 문제를 다룬 소설들을 또 하나의 중심축으로 삼게 되었는데, 이 부분에서 발생한 부정적 작용이 결국은 다른 부분의 납득할 만한 성과마저 중화시켜 버리는 현상을 나타냈던 것으로 볼 수 있다. 지나치게 대중적인 성격이 강화되고 문학작품이 지켜야 할 기본적인 양식의 수위를 무너뜨리는 경우를 유발하면서, 순수문학에의 지구력 및 자기 절제를 방기하는 사태에 이른 경향이 약여(躍如)했던 것이다. 여기에는 그 예증으로 열거할 만한 작품이 많이 있다.

그러나 이러한 부정적 측면을 제하여 놓고 살펴보자면, 우리는 여전히 그에게 부여되었던 '한국의 발자크'라는 별칭이 결코 허명이 아니었음을 수긍할 수 있다. 일찍이 대학에서 문학을 공부하던 시절, 그는 자신의 책상 앞에 "나폴레옹 앞엔 알프스가 있고, 내 앞엔 발자크가 있다"라고 써붙여 두었다고 술회한 바 있다.

이 오연한 기개는 나중에 극적인 재미와 박진감 넘치는 이야기의 구성, 등장인물의 생동력과 장쾌한 스케일, 그리고 그의 소설 처처에서 드러나는 세계 해석의 논리와 사상성 등에 의해 뒷받침된다.

그는 우리 문학사가 배태한 유별난 면모의 작가였으며, 일찍이 로브그리예가 토로한 바 "소설을 쓴다고 하는 행위는 문학사가 포용하고 있는 초상화 전시장에 몇 개의 새로운 초상을 부가하는 것이다"[30]라는 명제의 수사에 부합하는 작가라 할 수 있다.

---

30) 누보로망의 작가 로브그리예의 이 표현은 생동하는 인물의 중요성을 강조한 것으로서, 이병주 소설의 인물 분석에 매우 유효하게 적용될 수 있다.

3. 작품세계의 전개와 문학적 인식

이병주의 첫 작품은 대체로 1965년에 발표된 「소설 · 알렉산드리아」
로 알려져 있다. 작가 자신도 이 작품을 데뷔작으로 치부하곤 했다. 하
지만 실제에 있어서 첫 작품은 1954년 『부산일보』에 연재되었던 『내일
없는 그날』이었으며, 이를 통해 그는 자신이 오랫동안 내면에 품어왔
던 작가로서의 길이 합당한지를 시험해본 것 같다. 물론 그 시험에 대
한 자평이 어떤 결과였든지 간에, 그 이후의 작품활동 전개로 보아 그의
내부에서 불붙기 시작한 문학에의 열망을 진화할 수는 없었을 것이다.

무엇보다도 그는 참으로 많은 분량의 작품을 썼다. 문학창작을 기업
경영의 차원으로 확장한 마쓰모도 세이쪼 같은 작가와는 경우가 다르
겠지만, 그래도 우리의 작가 가운데서 그에 가장 유사한 사례를 찾는다
면 아마도 이병주가 아닐까 싶다.

그런 만큼 그의 소설이 보여주는 주제의식도 그야말로 백화난만한
화원처럼 다양하게 펼쳐져 있다. 『예냥풍물지』나 『철학적 살인』 같은
창작집에 수록되어 있는 초기 작품의 지적 실험성이 짙은 분위기와 관
념적 탐색의 정신, 앞서 언급한 바와 마찬가지로 시대성과 역사소재의
작품에서 볼 수 있는 숨겨진 사실들의 진정성에 대한 추적과 문학적 변
용, 현대사회 속에서의 다기한 삶의 절목들과 그에 대한 구체적 세부의
형상력 부가 등속을 금방이라도 나열할 수 있다.

더욱이 현대사회의 여러 현상을 주된 바탕으로 하는 작품들에서는,
『행복어사전』, 『무지개 연구』 등 그 사회의 성격에 대한 주인물의 반응

을 부각시킨 경우, 『미완의 극』과 같이 추리소설의 기법을 도입하여 시사성 있는 사건에 접근한 경우, 『허상과 장미』, 『풍설』, 『배신의 강』, 『황백의 문』, 『서울 버마재비』, 『여로의 끝』 등 애정 문제와 사회윤리의 상관성에 초점을 둔 경우, 『여인의 백야』, 『낙엽』, 『인과의 화원』, 『꽃의 이름을 물었더니』 등 여인의 정서와 의지 및 애정의 균형감각을 살펴보는 경우, 『저 은하에 내 별이』, 『지오콘다의 미소』 등 젊은 세대의 의식구조를 추적한 경우, 『니르바나의 꽃』과 같이 종교적 환각의 체험을 극대화한 경우, 그리고 『강변이야기』와 같이 해외에까지 연장된 삶의 고난과 맞서는 경우 등 천차만별의 창작 유형들을 만날 수 있다.

1980년대 이후에는 『허망의 정열』, 『그 테러리스트를 위한 만사』 등의 창작집에서 역사적 사건과 현실 생활을 연계시킨 중편이나 함축성 있는 단편들을 볼 수 있는데, 여기에까지 이르면 이미 그의 작품에 세상을 입체적으로 바라보는 원숙한 관점과 잡다한 일상사에서 초탈한 달관의 의식이 깃들어 있다.

그런가 하면 『청사에 얽힌 홍사』, 『성, 그 빛과 그늘』, 『사랑을 위한 독백』, 『나 모두 용서하리라』, 『바람소리 발소리 목소리』, 『사상의 빛과 그늘』 등의 수필집을 통해, 소설에서 다 기술하지 못한 직정적인 담화들을 표현해놓기도 했다.

이병주는 분량이 크지 않은 작품을 정교한 짜임새로 구성하는 능력이 뛰어난 작가이지만, 그보다 훨씬 더 강력하게 인식되기로는 부피가 창대한 대하소설을 유연하게 펼쳐나가는 데 탁월한 작가라는 점이다. 일찍이 그가 도스토옙스키의 『죄와 벌』을 읽고 그 마력에 사로잡혔다고 고백한 것도 이 점에 견주어 볼 때 자못 의미심장해 보이기도 한다.

『산하』, 『행복어사전』, 『바람과 구름과 비』, 『지리산』 등이 그 구체적인 사례에 속하는 작품들인데, 이는 단순히 작품의 분량이 엄청나다는 외형적 사실에 그치는 것이 아니라, 그 속에 도도히 흐르는 시대적·역사적 현실과 그것에 총체적인 형상력을 부여할 때 얻어지는 사상성이나 철학적 개안의 차원에까지 이른 면모를 보인다.

『산하』는 남한에서의 단독 정부수립으로 이승만 정권이 들어서고 3·15부정선거와 4·19학생혁명에 의해 그 정권이 끝날 때까지, 이와 더불어 부침한 한 인물을 주인공으로 했다. 우리는 이종문이라는 그 흥미 있는 인물의 행적을 통하여, 한 인간의 내부에서 일어날 수 있는 거의 모든 가능태에의 목도와, 당대의 세태풍속 및 시대사적 풍향의 의미를 가늠하는 일을 함께 수행할 수 있다.

『행복어사전』은 우등생의 모범답안을 추구하여 그것으로 세상의 갖가지 생존경쟁에 이기려는 사람들의 한가운데에, 그러한 것을 추구하지 않고도 내면적 충일함으로 삶을 채우려 시도하는 한 젊은이를 그렸다. 신문사의 교열 기자에서 작가로 길을 바꾸어나가는 서재필이라는 이름의 매우 유다른 주인공을 통해서, 우리는 범상한 삶의 배면에 응결되어 있는 여러 형태의 인식을, 예컨대 '가두철학'이라 호명해도 좋을 만한 정신적 성숙의 단계에서 해석하는 세련된 교양을 접하게 된다. 어쩌면 이는 우등생의 삶의 방식을 추단하는 것보다 더 어려운 작업일지 모르며, H.E 노사크가 『문학과 사회』에서 주장한 바 "등장인물은 작가에게 자기자신의 행위에 대한 설명을 요구한다"고 한 그 인물 형상화의 어려움이 어떻게 자연스러운 형태로 소설적 구조와 악수하는가를 추론하게 한다.

『바람과 구름과 비』는 구한말의 내우외환 속에서 중인 신분의 한 야심가가 어떻게 세상의 경영을 꿈꾸는가라는 대단히 의욕적인 상황을 설정하고 그를 위한 주도면밀한 계획과 추진 및 그에 관련된 여러 가지 이야기를 다루었다. 일견 무사불능하게 여겨질 만큼 치밀하고 치열한 최천중이라는 인물의 행위규범들을 통해, 우리는 하나의 세계를 부피 있게 기획하고 이를 극채색으로 치장해나가는 작가의 배포와 기량을 읽을 수 있다.

『지리산』은 어느 모로 보나 이병주의 대표적인 작품이라 할 수 있다. 남북간의 이데올로기 문제를 정면에서 다루면서 지리산을 중심으로 집단생활을 한 좌익 파르티잔의 특이한 성격을 조명한 소설의 내용에서도 그렇거니와, 모두 7권의 분량에 달하여 실록 대하소설이라 규정되고 있는 소설의 규모에서도 그러하다. 이 소설에 등장하는 주요인물들, 작가가 특별한 애정을 갖고 그 성격을 묘사하고 있는 박태영이나 하준규 같은 인물, 그리고 해설자인 이규 같은 인물은 일제 말기의 학병과 연관된 공통점을 가지고 있다. 그 '치욕스런 신상'과 한반도의 걷잡을 수 없는 풍운이 마주쳤을 때, 이들의 삶이 어떤 궤적을 그려나갈 수밖에 없었는가를 뒤쫓고 있는 형국이다.

이병주의 역사소재 소설들을 통틀어 우리가 주목해야 할 하나의 요체는 『지리산』에서의 이규와 같은 해설자의 존재이다. 그 해설자는 이름만 바꾸었다뿐이지 다른 작품들에서도 거의 유사한 존재 양식을 갖고 나타난다. 예컨대 『관부연락선』에서 이 군 또는 이 선생으로 불리는 인물, 『산하』에서 이동식으로 불리는 인물, 한참을 거슬러 올라가서 「쥘부채」 같은 초기 작품에 나오는 대학생 동식이라는 인물도 모두 본질이 동일한 '이 선생'이다.

작가는 이 해설자에게 시대와 사회를 바라보고 판단하고 평가하는 자기자신의 시각을 투영했으며, 그런 만큼 그 해설자의 작중 지위는 작가의 전기적 행적과 상당히 일치되는 특성을 나타내고 있다.

만약에 그 해설자가 불학무식이거나 당대의 한반도 현실에 대해 사상적이며 철학적 사유를 할 수 없는 인물로 그려진다면, 작가는 애초부터 스스로의 심중에 맺혀서 울혈이 되어 있는 이야기들을 풀어낼 수가 없는 것이다. 불학무식한 부역자를 주인공으로 한 조정래의 『불놀이』와 좌파 지식인을 주인공으로 한 같은 작가의 『태백산맥』이 동일한 작가의 작품이면서도 역사와 현실을 읽는 시각의 수준에 현저한 차이를 드러내는 것이 여기에 좋은 보기가 된다.

이병주가 너무 많은 작품을 간단없이 제작해낸 관계로 곳곳에 비슷한 정황이 중첩되거나 중·단편의 내용이 장편의 한 부분으로 편입되어 있는 양상도 적잖이 발견된다. 이러한 측면은 정작 한 사람의 작가로서 그를 아끼고 그와 더불어 가능할 수도 있었던 한국의 '발자크적 신화'를 아쉬워하는 이들에게 만만치 않은 결핍감을 남긴다.

「그 테러리스트를 위한 만사」라는 작품을 보면 노 독립투사 정람 선생에게서 작가 이 선생이 '재능의 낭비가 아닌가'라고 회의하는 대목이 나온다. 정람이 동서고금을 섭렵하는 박람강기한 지식을 자랑하면서 곰, 사자, 호랑이에 이르기까지 수준 이상의 박식을 피력하자 그러한 감상을 내보이는 것인데, 작가는 자신의 작품을 읽는 독자들이 작가 자신을 두고 그러한 인식을 가질지 모른다는 역발상에 이르지는 못했을 것 같다.

하나의 가설로 그가 보다 미학적 가치와 사회사적 의의를 갖는 주제를 택하여 힘을 분산하지 아니하고 집중했더라면, 빼어난 문필력과 비슷한 유례를 찾아보기 어려운 극적인 체험들로써, 그 자신이 마력적이라고 언급한 도스토옙스키의 『죄와 벌』 같은 웅장한 작품을 생산할 수도 있지 않았을까 하는 아쉬움을 남긴다.

이병주의 타계 후, 이미 세상의 시비곡절을 손에서 놓은 다음인 그는 『월간조선』 1994년 6월호에서 박윤규라는 소장 문필가의 글을 통해, 그 자신이 빨치산이었다는 충격적인 시비에 휘말렸다.[31] 그러자 곧바로 그 다음달의 7월호에서 작가의 아들인 이권기 교수가 이를 반박하는 내용을 인터뷰하여, 앞의 문제에 대응하는 사건이 있었다.[32]

근본적으로 그가 교전 중 피접해 있던 해인사에서 납치되어 지리산에서 부역을 할 수밖에 없었는지 아니면 그것이 낭설인지 정확하게 확인하기는 어렵다. 당시의 문제에 가장 근접해 있는 아들 이 교수에 의하

---

31) 박윤규는 『월간조선』 1994년 6월호에 기고한 글에 해인사에서 빨치산 부대에 부역 중인 이병주를 목격했다는 인물의 증언을 실었다.

32) 이권기는 『월간조선』 1994년 7월호에서 앞의 기고문에 실린 증언이 현실과 일치하지 않음을 조목조목 반박했다.

면, 그것은 근거없는 추측에 불과한 것으로 보인다. 그러나 오늘에 와서 그 둘 가운데 어느 것이 사실이었는지는 그렇게 중요하지 않을 수도 있다. 문제는 온전한 이성을 가지고 이 땅에 살았던 한 사람의 지식인이 피치 못하게 당면할 수밖에 없었던 사태, 광란하듯 춤추던 역사의 회오리바람과 어떻게 맞서야 했는가라는 사실인 것이다.

이를 제대로 설명해 보기 위하여 이병주는 1972년부터 근 15년에 걸쳐 그의 대표작 『지리산』을 썼고, 그보다 한 단계 앞선 시대를 배경으로 그의 장편시대 개화를 예고하는 문제작 『관부연락선』을 썼다고 할 수 있다.

『지리산』이 그러한 것처럼 『관부연락선』 또한 '거대한 좌절의 기록' 이다. 유태림이라고 하는 한 전형적 인물, 일제시대에서 해방공간에 걸쳐 살았던 당대 젊은 지식인의 전형성을 갖는 그 인물만의 좌절을 기록한 것이 아니라, 그가 대표하는 바 이성적인 사유체계를 가진 젊은 지식인 일반과 그 배경에 있는 우리 민족 전체의 좌절을 기록한 것이다.

4. 『관부연락선』에 나타난 한일관계사 비판

장편소설 『관부연락선』의 시간적 무대는 1945년 해방을 전후한 5년 간, 도합 10년 간이다. 그러나 이야기의 파장이 확장한 내포적 공간은 한일관계사 전반을 조망하는 1백여 년 간에 걸쳐져 있다. 작가는 이 넓은 공간적 환경을 자유롭게 활용하면서, 역사적 사실을 문학적 시각으로 조망하는 직무를 수행한다.

중학교의 역사책에 보면 의병을 기록한 부분은 두세 줄밖에 되지 않는다. 그 두세 줄의 행간에 수만 명의 고통과 임리한 피가 응결되어 있는 것이다.

『관부연락선』의 주인공 유태림이 의병대장 이인영의 기록을 읽으며 역사의 무게라는 것을 새삼스럽게 느끼는 대목이다. 작가는 바로 이러한 정신, 역사의 행간을 생동하는 인물들의 사고와 행동, 살과 피로 메우겠다는 정신으로 이 소설을 썼다. 그것은 곧 그만이 독특하게 표식으로 내세운 역사와 문학의 상관관계이기도 하다.[33]

이 소설은 동경 유학생 시절에 유태림이 관부연락선에 대한 조사를 벌이면서 직접 작성한 기록과, 해방공간에서 교사생활을 함께 한 해설자 이 선생이 유태림의 삶을 관찰한 기록으로 양분되어 있다. 또 이 두 기록이 교차하며 순차적으로 진행되고 있으며, 따라서 하나의 장이 이 선생인 '나'의 기록이면 다음 장은 유태림인 '나'의 기록으로 되는 것이다.

유태림의 조사를 통해 관부연락선의 상징적 의미는 물론 중세 이래 한일 양국의 관계가 드러나기도 하고, 이 선생의 회고를 통해 유태림의 가계와 고향에서의 교직생활을 포함하여 만주에서 학병생활을 하던 지점에까지 관찰이 확장되기도 한다.

---

33) 김종회, 앞의 글, p.219.

때에 따라 관찰자인 이 선생의 시점이 관찰자의 수준을 넘어서는 전지적 작가 시점으로 과도히 진입하는 경우가 적지 않으며, 유태림에게서 들은 얘기를 종합했다는 태도를 취하면서도 실상은 유태림 자신이 아니면 설명할 수 없는 부분도 자주 목격된다. 또한 이야기의 내용에 있어서도 진행되는 사건은 픽션인데 이에 주를 달고 그 주의 문면은 실제 그대로여서 소설의 지위 자체를 위협하는 대목도 있다.

이는 이 소설의 대부분이 작가 자신의 사고요 자전적 기록인 까닭으로, 사실과 픽션에 대한 구분 자체가 모호해져 버린 결과로 보이며, 작가는 소설의 전체적인 메시지 외의 그러한 구체적 세부를 덜 중요하게 생각한 것이 아닌가 유추되기도 한다.

작가가 시종일관 이 소설을 통해 추구한 중심적인 메시지는, 그 자신이 소설의 본문에서 기록한 바와 같이 "당시의 답답한 정세 속에서 가능한 한 양심적이며 학구적인 태도를 가지고 살아가려고 한 진지한 한국청년의 모습"이다. 능력과 의욕은 가지고 있으면서도 이렇게도 못하고 저렇게도 못하기로는 유태림이나 우익의 이광열, 좌익의 박창학이 모두 마찬가지였다.

일제시대를 지나 해방공간의 좌우익 갈등 속에서도 교사와 학생들이 어떻게 처신해야 옳았으며, 신탁통치 문제가 제기되었을 때 어떻게 하는 것이 올바른 선택이었으며, 좌우익 양쪽 모두의 권력에서 적대시될 때 어떻게 처신해야 옳았겠는가를 질문하는 셈인데, 거기에 이론 없이 적절한 답변은 주어질 수가 없을 것이다. 작가는 다만 이를 당대 젊은 지식인들의 비극적인 삶의 마감—유태림의 실종 및 다른 인물들의 죽음을 통해 제시할 뿐이다.

이는 곧 "한국의 지식인이 그 당시 그렇게 살려고 애썼을 경우, 월등하게 좋은 환경에 있지 않는 한 거개 유태림과 같은 운명을 당하지 않았을까 하는 생각"이다. 또 "유태림의 비극은 6·25동란에 휩쓸려 희생된 수많은 사람들의 비극과 통분(通分)되는 부분도 있지만, 일본에서 식민지 교육을 받은 식민지 청년의 하나의 유형"이라는 기술은 곧 상황논리의 거대한 물결에 불가항력적으로 침몰할 수밖에 없는 인간의 모습이라는 인식과 소통된다.

유태림이 동경 유학 시절에 열심을 내었던 관부연락선에 대한 연구는 바로 이 상황논리의 발생론적 구조에 대한 탐색이었으며, 제국주의 통치국과 식민지 피지배국을 잇는 연락선이 그것을 극명하게 상징하고 있다는 인식의 바탕 위에 놓여 있다 할 것이다.

작품 속의 유태림은 관부연락선을 도버와 칼레 간의 배, 즉 사우샘프턴과 르아브르 간의 배에 비할 때 영락없는 수인선이라고 해도 과언이 아니라고 적으면서도, 이를 맹목적 국수주의의 차원으로 몰아가지 아니하고 그 중 80%는 조선의 책임이라고 수긍한다. 이는 을사보호조약에서 한일합방에 이르는 역사 과정에 있어서 민족적 과오의 반성을 그 사실(史實)과 병렬시키고 있기 때문이다.

이와 같은 역사적 관점의 정립과 더불어 작가는 매우 비판적이고 분석적인 어조로 당대의 특히 좌익 이데올로기의 허실을 다루어 나간다. 아마도 이 분야에 관한 한 논의의 전문성이나 구체성에 있어 우리 문학에 이병주만한 작가를 찾기는 어려울 것이다.

예컨대 "여순반란사건이 대한민국 정부를 위해서는 꼭 필요했던 시련"이라는 언술이 있는데, 이와 같은 수사는 여간한 확신과 논리적인 자기 정리 없이는 쓸 수 없다. 그의 주장에 의하면, "만일 그런 반란사건이 없었고 그러한 반란분자들이 정체를 감춘 채 국군 속에 끼어 그 세위를 확장해 가고 있었다면, 6·25동란 중에 국군 가운데서의 반란을 방지할 수 없었을 것"이라는 논리가 세워진다.

동시에 그는 남한에서의 단독정부 수립과 이승만 정권의 제1공화국 성립이 필수불가결한 일이었다고 변호한다. 여기에서도 그럴 만한 이성적인 논리를 앞세워 이를 차근차근 설명한다. 이 험난한 이데올로기 문제에 이만한 토론의 수준을 마련한 작가가 우리 문학에서 발견되지 않았기에, 이러한 주장이 단순한 보수 우익의 기득권 보호 의지와는 차원이 다르다는 사실을 인정하지 않을 수 없다. 말하자면 그는 소설을 통해 심도 있는 정치토론을 유발한 유일한 작가이다.

그러기에 그가 계속해서 내보이는 여운형, 이승만, 김구 등 당대 정치 지도자에 대한 인물평에는 우리 시대의 정치사에 대한 새로운 개안을 가능하게 하는 힘이 있다. 특히 그는 여운형의 암살사건에 대하여, "몽양의 좌절은 이 나라 지식인의 좌절이며 몽양과 더불어 상정해 볼 수 있는 모든 가능성의 말살"이라고 개탄했다.

이 모든 혼돈하는 세태 속에서 유태림과 그의 동류들은, 역사의 파도가 높고 험한 만큼 가혹한 운명적 시련과 부딪칠 수밖에 없었다. 유태림이 실종되기 전에, 그가 좌익 기관에도 잡히고 대한민국 검찰에도 걸려들고 한 사실 자체에 적잖은 충격을 받는 대목이 나오는데, 이는 실로 당대의 이 나라 젊은 지식인들이 회피할 수 없었던 구조적 질곡을 실감 있게 드러내 준다. 이 소설의 마지막, 「유태림의 수기(5)」[34] 끝부분은 다음과 같은 문장으로 되어 있다.

운명… 그 이름 아래서만이 사람은 죽을 수 있는 것이다.

다른 소설들에서 '운명'이라는 단어가 등장하면 토론은 종결이라고 하던 작가가 유태림의 비극을 운명의 이름으로 결론지었을 때, 거기에는 도도한 역사의 격랑에 밀려 부서져 버린 한 개인의 삶에 대한 깊은 조상이 함유되어 있다. 운명의 작용을 인식하고서 비로소 그 비극의 답안을 발견했다는 인식을 보여준다.

작가는 1972년 신구문화사에서 상재된 『관부연락선』의 「작자 부기」에서 "소설이라는 각도에서 볼 때 『관부연락선』은 다시 달리 씌어져야 하는 것이다"라고 적었고, 송지영 씨가 「발문」에서 "어떠한 '소설 관부연락선'도 그 규모에 있어서 그 내용의 넓이와 깊이에 있어서 이처럼 감동적일 수는 없을 것이라는 결론에 이르렀다"고 반론했다. 소설의 순문학적 형틀이 완숙해야 한다는 측면에서 작가의 말은 틀리지 않으며, 소설 전체의 박진감과 감동에 있어서 송지영 씨의 표현 또한 틀리지 않는다.

---

34) 이병주, 『관부연락선』 2, 한길사, 2006, p.366.

우리 역사에는 너무도 많은 유태림이 있으며 그들의 아픔과 비극이 오늘 우리 삶의 뿌리에 연접해 있다. 이 명료한 사실을 구체적 실상으로 확인하게 해준 것은, 작가 이병주가 가진 균형성 있는 역사의식의 성과이다. 그것은 또한 이미 40년 전에 소설의 얼굴로 등장한 이 역사적 격랑의 기록을, 시대적 성격을 가진 소설문학의 교훈으로 받아들이는 이유이다.

5. 맺음말

이 글에서는 작가 이병주의 소설과 그 역사의식이 어떤 경로를 통해 배태되었으며 그 경향과 의미가 어떠한가를 검토한 다음, 이를 전체적인 문맥 아래에서 조감할 수 있도록 그의 작품세계 전반의 전개와 문학적 인식의 방식 및 유형을 살펴보았다. 그리고 이러한 역사의식을 드러내는 대표적 장편소설이자 유사한 성격을 가진 장편소설들의 출발을 예고하는 첫 작품 『관부연락선』을 중심으로 그 역사의식의 발현과 성격적 특성을 점검해 보았다.

그와 같은 경로를 통해 살펴본 바와 같이, 작가 이병주의 소설에 나타난 역사의식은 우리 문학사에 보기 드문 강렬한 체험과 그것의 정수를 이야기화하고, 그 배면에 잠복해 있는 역사적 성격에 대해 이를 수용자와의 친화를 강화하며 풀어내는 장점을 발양했다.

주지하는 바 역사 소재의 소설은, 실제로 있었던 역사적 사실을 근간으로 하고 거기에 작가의 상상력을 통해 소설적 이야기를 덧붙이는 것인데, 이러한 점에서 이병주의 소설과 그 역사의식은, 한국 근대사의 극적인 시기들과 그 이야기화에 특출한 재능을 가진 작가의 조합이 생산한 결과라 할 수 있다.

이병주의 문학관, 소설관은 기본적으로 '상상력'을 중심에 두는 신화문학론의 바탕에서 출발하고 있으며, 기록된 사실로서의 역사가 그 시대를 살았던 민초들의 아픔과 슬픔을 진정성 있게 담보할 수 없다는 인식 아래, 그 역사의 성긴 그물망이 놓친 삶의 진실을 소설적 이야기로 재구성한다는 의지를 나타낸다. 그러한 역사의식의 기록이자 성과물로서, 한국문학사에 돌올한 외양을 보이는 『관부연락선』, 『산하』, 『지리산』 등의 장편소설을 목격하게 되는 것이다.

물론 소설이 작가의 상상력을 배경으로 한 허구의 산물이므로 실제적인 시대 및 사회의 구체성과 일정한 거리를 가지는 것은 분명한 사실이다. 그러나 문학을 통한 인간의 내면 고찰이나 문학이 지향하는 정신적인 삶의 중요성, 그것이 외형적인 행위 규범을 넘어 발휘하는 강력한 전파력을 고려할 때는 문제가 달라진다.

한 작가를 그 시대의 교사로 치부하고, 또 그의 문학을 시대정신의 방향성을 가늠하는 풍향계로 내세울 수 있는 사회는 건강한 정신적 활력을 가진 공동체의 모범이라 할 수 있다. 작가 이병주의 소설과 그의 작품에 나타난 삶의 실체적 진실로서의 역사의식이 우리 사회의 한 인식 지표가 될 수 있다는 것은, 그런 점에서 오늘처럼 개별화되고 분산된 성격의 세태에 시사하는 바가 크다.

| 참고문헌 |

김주연, 「역사와 문학-이병주의 '변명'이 뜻하는 것」, 『문학과지성』, 1973 봄호.

남재희, 「소설 '지리산'에 나타나는 지식인의 상황분석」, 『세대』, 1974. 5.

이보영, 「역사적 상황과 윤리-이병주론」, 『현대문학』, 1977. 2~3.

이광훈, 「역사와 기록과 문학과…」, 『한국현대문학전집 48』, 삼성출판사, 1979.

김영화, 「이념과 현실의 거리-분단상황과 문학」, 『한국현대시인작가론』, 1987.

이형기, 「40년대 현대사의 재조명」, 『오늘의 역사 오늘의 문학 8』, 중앙일보사, 1987.

임종국, 「현해탄의 역사적 의미」, 위의 책.

임헌영, 「이병주의 작품세계」, 『한국문학전집 29』, 삼성당, 1988.

임금복, 「불신시대에서의 비극적 유토피아의 상상력-'빨치산', '남부군', '태백산맥'」, 『비평
　　　 문학』, 1989. 8.

김종회, 「근대사의 격랑을 읽는 문학의 시각」, 『위기의 시대와 문학』, 세계사, 1996.

김윤식, 「작가 이병주의 작품세계」, 『나림 이병주선생 10주기 기념 추모선집』, 나림이병주
　　　 선생기념사업회, 2002.

이형기, 「지각작가의 다섯 가지 기둥-이병주의 문학」, 위의 책.

김종회, 「한 운명론자의 두 얼굴- 이병주의 소설 '소설 알렉산드리아'에 대하여」, 나림이병주
　　　 선생 12주기 추모식 및 문학강연회 강연, 2004. 4. 30.

임헌영, 「이병주의 『지리산』론-현대소설과 이념문제」, 위의 문학강연.

정호웅, 「이병주의 『관부연락선』과 부성의 서사」, 위의 문학강연.

김윤식, 「학병세대의 글쓰기-이병주의 경우」, 나림이병주선생 13주기 추모식 및 문학강연
　　　 회 강연, 2005. 4. 7.

김종회, 「문화산업 시대의 이병주 문학」, 위의 문학강연.

이재복, 「딜레탕티즘의 유희로서의 문학-이병주의 중·단편소설을 중심으로」, 위의 문학
　　　 강연.

이병주 소설의 공간의 환경

1.

문학작품 속에서의 '공간'은 그 작품의 존재를 가능하게 하는 주요한 요소이며 그동안 여러 유형으로 연구되어 왔다. 일찍이 독일의 극작가 G.레싱(Gotthold Ephraim Lessing)이 그의 저서 『라오콘(Laokoon)』에서 시간예술과 공간예술의 문제를 제기한 이래, 예술적 공간 개념은 시간 개념과 함께 문예이론과 문학작품 비평의 전반에 걸쳐 논의의 진폭을 확장해왔다. 레싱의 견해를 이어받아 현대문학 이론의 새 영역을 제시한 조셉 프랭크(Joseph Frank)는, '공간적 형식'의 논의에서 시간 개념 적용이 위주였던 문학 장르가 어떻게 공간 개념과 결부되어 있는가를 구명했다.

그를 통해 시에 있어서 '이미지'의 배열이나 소설에 있어서 '플롯'의 운용은 공간 문제를 반영하는 대표적 기법이 된다. 그의 시각으로는 '의식의 흐름' 기법을 도입한 작품들, 마르셀 프루스트(Marcel Proust)의 『잃어버린 시간을 찾아서』나 제임스 조이스(James Joyce)의 『율리시즈』 같은 작품들은 공간적 형식이라는 논리를 전제하지 않고서는 온전한 해명이 불가능하다. 프랭크에게 있어서 이와 같은 형식 논리는, 모더니즘적 특성을 나타내는 신화성의 도입에까지 나아간다. 신화적 세계의 시간초월적 영역과 신화 원형 또한 예술적 공간의 존재 양상을 잘 드러내는 체계가 된다는 것이다.

20세기 이후 문학작품에 있어서의 공간 문제를 탐색한 주목할 만한 이론가는 모리스 블랑쇼(Maurice Blanchot)이다. '은둔의 철학자' 또는 '근대성의 조종(弔鐘)을 울린 사제'란 별칭을 얻으며 푸코, 들뢰즈, 데리다 등의 철학자들에게 많은 영향을 끼친 그는, 『문학의 공간』이란 비평서를 썼다. 이 책은 말라르메, 릴케, 카프카 등의 작품을 분석하면서 문학의 본질과 공간의 의미를 구명했다. 다양한 작품을 대상으로 하여 문학의 숙명적 의미망이 모호함이 넘치는 작품 바깥에 놓여 있다는, 이른바 '바깥의 사유'를 구현한 그의 글은, 난해하지만 공간 개념 수용의 진일보를 기록했다.

문학 작품의 무대이거나 작품의 내포적 운동 범주로써의 강역(疆域)이 공간 형식의 실제이겠지만, 그 공간의 철학적 사상적 전제는 근대 이후 여러 유형의 논리를 노정해왔고 그것이 작품분석에 적용된 사례도 다기하게 전개되었다. 구체적인 작품 내부에 있어서는 대체로 서사 과정의 형성과 관련되며, 특정한 공간 모티프가 생성되고 변형되고 결말에 이르는 구조적 패턴에 연동되어 있다. 그러므로 문학과 공간의 개념 및 상관성을 탐색하는 일은, 근대 이후 문학의 행로를 검증하는 하나의 바로미터이기도 하다. 문학 공간의 논리를 문학작품 분석에 적용할 때는 대체로 세 가지 단계를 고려하고 이를 변별적으로 도입하는 것이 일반적이다.

우선은 문학 텍스트가 생산된 공간 환경에 대한 고찰이다. 하나의 텍스트가 사회 구조, 문화 구조 속에 정초하기까지의 발생론적 기반과 경과를 고려하는 것을 말한다. 다음으로 작가가 작품 가운데 변용하고 있는 경험적 공간의 분석이다. 문학비평이 주된 대상으로 상정하는 문학적 공간 개념이다. 마지막으로 문학작품 내부 무대인 공간과 작품 외부 실제적 공간 사이의 상관성에 대한 비교 관찰이다. 문학의 실용성에 대한 접근이 강화되면서, 이제 이 부분의 활용도 점차 강화되고 있다. 여기에서는 이러한 논점들을 함께 활용하면서, 이병주 소설의 공간 환경을 살펴볼 것이다.

2.

공간 환경의 설정 없이 소설은 당초 그 시발이 불가능하다. 그런데 단순 소박한 단일성의 환경이 소설의 위의(威儀)를 세우지 못할 바는 아니지만, 그 방식으로는 지역성의 한계를 넘어서기 어렵다. 그래서 환경의 다중성 문제가 소설의 미학적 가치와 별개로 주목 및 평가의 대상이 되는 것이다. 더욱이 오늘날처럼 지구마을(Global village)이란 용어가 보편화되고 세계가 일일 생활권으로 진입한 시대에 있어서, 소설의 공간 환경이란 과제는 내용과 형식 모두에 걸쳐 중점적 항목이라 언표(言表)

할 수 있다. 여기서 살펴보는 이병주 소설의 지역적 공간 또한, 그것의 심화와 확장을 통해 작가가 수확한 문학적 실과(實果)가 무엇인지 검토할 필요가 있다.

프랑스의 문명비평가 기 소르망(Guy Sorman)이 세계화(Globalism)와 지방화(Localism)를 통합하여 세방화(Glocalism)의 논리를 내세운 것은 단일정체성을 다중정체성으로 변환하지 않고서 그 다양 다기한 영역 확대의 가치들을 거두어들일 수 없다는 판단에서였다. 비디오아트를 창시한 백남준이나 설치미술가 전수천의 작품이 새롭게 평가 받은 이유는, 단순히 전위예술의 공감대로 세계적 보편성을 담보했기 때문이 아니라 그 시야의 광범위와 촉수의 창의력이 태생적 자기 기반을 효용성 있게 딛고 서 있었기 때문이다. 문학에 있어서도 세방화, 글로컬리즘의 존재값은 이러한 방식으로 드러난다.

이병주 소설의 공간 환경은, 당대의 다른 작가들에 비해 특징적이고 또 넓다. 국내에 있어서는 일정한 지역으로 특정되어 있고 해외로 개방되면 다른 작가가 추종하기 어려울 만큼 광범위하게 펼쳐져 있다. 국내의 경우 그가 생장(生長)하고 교육을 받거나 사회 활동을 한 하동, 진주, 부산 등 경상남도 일대를 망라한다. 동시에 그의 역사 소재 소설들이 무대로 하는 지리산 기슭과 태백산맥 산자락까지 연동되어 있다. 해외의 경우 그의 유학 및 학병 체험, 그리고 작가로 입신한 이유, 여행의 경험을 두루 포괄하여 그야말로 동서양을 막론하고 사통팔달로 전개되어 있다. 이처럼 확장된 소설 환경을 구사한 한국의 작가는 찾아보기 어려울 것이다.

이병주의 장편 가운데 대표작이라 할 수 있는 근 · 현대사 3부작『관부연락선』,『지리산』,『산하』는 현해탄을 사이에 둔 한국과 일본, 표제 그대로의 지리산, 작가의 향리와 서울을 무대로 한다. 작가가 살았던 시대의 세태를 새롭게 해석한『행복어사전』은, 주요 등장인물이 신문사 기자들인 만큼 신문사가 모여 있는 광화문 일대가 배경이다. 지역적 특성이 강력하게 나타나기로는「예낭풍물지」의 예낭이 곧 부산의 풍광과 물산을 직접적으로 반영한다. 그런가 하면「망명의 늪」에서 미아리 · 가회동 · 한강 등의 지명이,「중랑교」에서 중랑교 · 중랑천 등의 지역적 명칭이 등장한다.

해외가 작품의 배경인 작품으로 한 · 중 · 일 세 나라를 오가고 있는「세우지 않은 비명(碑銘)」, 중국의 소주 · 상해를 배경으로 한「변명」과「겨울밤」, 그리고 미얀마에서 한국에 걸쳐 있는「마술사」가 있다. 이처럼 동북아 및 동남아를 가로지르는 소설의 무대는 앞서 언급한 바 작가의 전기적 체험과 밀접하게 연관되어 있다. 무대를 더 넓혀서 이집트의 두 번째 도시 알렉산드리아를 그려 보이는「소설 알렉산드리아」, 유럽의 스페인으로 간「유리빛 목장에서 별을 삼키다」, 미국 뉴욕에서의 삶을 보여주는『허드슨 강이 말하는 강변 이야기』와「제4막」, 그리고 남아메리카의 칠레로 행장을 옮긴「이사벨라의 행방」등이 있다. 이 소설들은 작가의 여행 및 체류 경험, 지적 탐색의 대상 등으로 그 성격이 드러난다.

소설의 본질적인 가치나 그 평가에 있어 배경이나 환경의 문제는 중심 주제에 비하면 보다 부차적인 것인지도 모른다. 하지만 그와 같은 부대 요소의 구성없이 소설을 창작할 수 있는 길이 없거니와, 환경의 조건이 주제를 효율적으로 부양하는 기능을 감당하기 때문에 지역 환경의 중요성을 도외시 할 수 있는 권한 또한 어디에도 없는 셈이다. 이병주 소설은 특히 이념적 사상적 쟁점을 부각시키기 위하여 환경 조건을 매우 민활하게 응용하는 장점이 있는 까닭으로, 이 대목을 더욱 눈여겨 보는 것이 마땅하다. 이 글에서는 위에서 언급한 작품 가운데 「세우지 않은 비명」, 「제4막」, 「이사벨라의 행방」, 「유리빛 목장에서 별을 삼키다」 등 네 작품을 보다 깊이 있게 읽고 그 공간 환경의 의미를 검토해 보기로 한다.

3.

중편 「세우지 않은 비명」은 화자인 '나'와 소설 속에 액자로 매설된 이야기의 화자인 성유정 등 두 인물의 발화로 구성된다. 이를테면 '나'가 성유정의 수기를 소개하는 형식을 갖추고 있는데, 이병주 소설의 오랜 관행에 비추어 보면 '나'나 성유정이 모두 작가의 의도를 대변하는 인물이라 할 수 있다. 비록 액자소설의 모양으로 갖추고 있다 할지라도 그 구분 자체가 별반 의미가 없다는 말이다. 성유정은 학도병으로 끌려가 1년 남짓 중국 양주에 머물렀는데, 작가 자신이 동일한 상황으로 소주에 머물렀던 정도가 소설적 환경의 문제에 있어서 다른 점이다. 성유정의 활동 무대는 그 중국에서 일본으로, 동북아의 한·중·일 세 나라에 함께 작동하고 있다.

작품 속의 시간 설정은 1979년에서 1980년대로 넘어가는 무렵이다. 1979년에 캄보디아의 폴포트 정권, 이란의 팔레비 국왕, 아프리카 우간다의 이디 아민 대통령, 중미 니콰라과의 소모사 대통령, 중앙아프리카의 보카사 황제, 그리고 중미 엘살바드로의 로무론 정권 등 무려 여섯 명의 독재자가 붕괴·타도·축출된 기념비적 기록이 제시된다. 물론 성유정의 수기에서다. 그런데 그러한 역사의 격동을 배경에 두고 성유정인 '나'는 매우 개인사적으로 어머니의 위암과 자신의 간암에 직면한다. 일제 말기에 학병으로 끌려갔고 6·25 때 자칫 죽을 뻔했고 5·16 때 징역살이를 한, 역사의 고빗길마다 고난을 겪은 개인사를 돌이켜 보면, 이 두 불치병의 배면에 지구 전반에 걸친 엄청난 시대사의 소용돌이가 닮은꼴로 계속되고 있는 것이다.

액자 속의 '나' 성유정은 자기 생애의 정리에 착수한다. 그 중 가장 중요한 숙제가, 학생시절 일본에서 만나 임신을 시킨 채 연락을 두절한 여자를 찾는 일이다. 37년 전 당시 19살이던 미네야마 후미코다. '나'는 수기에서 스스로를 '불량학생'이라 표기하고, '바람을 심어 폭풍우를 거두는 엄청난 고역'이라 표현한다. 열흘을 예정하고 떠난 일본행에서 '나'는 여자를 만나지 못한다. 천신만고 끝에 행적을 찾았으나, 여자는 사망한 것으로 되어 있고 태중의 아이에 대한 정보는 전혀 없다. 비슷한 상황을 그린 단편 「환화(幻花)」에서 옛 여자와 딸을 함께 만나는 이야기를 축조한 것과는 아주 다른 형국이다.

'나'는 귀국하여 어머니의 임종과 장례를 치르고, 그 삼우제를 지낸

이튿날 타계한다. 이에 따라 액자 밖의 '나'는 성유정의 운명(殞命)을 전하며, 소설의 말미에 중국 청대(淸代)의 시인 왕어양(王漁洋)의 한시 한 절을 가져다 둔다. 그 구절에서 채자(採字)하여 소설의 부제로 '역성(歷城)의 풍(風), 화산(華山)의 월(月)'이란 에피그램을 설정했다. 그러나 이는 다음에서 언급할 단편 「유리빛 목장에서 별을 삼키다」의 제목처럼 사뭇 겉돌고 있다는 느낌이 약여하다. 지역적 환경, 그에 결부된 지적 수발(秀拔)이 소설의 이야기와 보다 조화롭게 악수하지 못한 탓이다. 그러나 동북아 세 나라를 망라하는 소설의 환경은, 다른 작가에게서 찾아보기 어려운 견문의 확산과 소설적 조력의 성취를 보인 사례다.

단편 「제4막」은 뉴욕을 무대로 한다. 작가는 여행안내서의 문면을 빌릴 때 '세계의 메트로폴리스'이지만, 어느 종교가의 단죄에 의하면 '소돔과 고모라의 현대판'이라고 적었다. 소설은 뉴욕의 풍광과 뉴욕에서의 삶을 수기나 수필처럼 써 나간다. 시간상으로는 1973년 6월, 화자인 '나'가 존에프케네디 공항에 도착하면서 시작된다. 특별한 소설적 이야기를 생산하지 않고 뉴욕 시가(市街) 여행기와도 같은 감상을 기술한다. 브로드웨이에 있는 작은 주점 'ACT4', 우리말로는 '제4막'이 되는 그곳은, 극장에서 제3막까지 연극이 끝난 후 극장 밖의 거기서 제4막이 시작된다는 자못 진중한 의미를 가졌다. 그 해석을 듣고 그곳은 '나'의 단골집이 되었다.

주점 '제4막'에서 만난 사람들과의 요령부득인 대화가 '나'에게는 소설적 이야기의 재료가 되고, 또 그 개별자들도 소설적 관찰의 대상이 된다. 그 중 세르기 프라토라는 이름의, 육십 세에 가까운 에스토니아

출신 화가 부부와는 삼 년쯤 후에 '제4막'에서 만나 '제4막적인 대화'
를 나누기로 한다. 그리고 그렇게 좋은 아이디어를 뉴욕에 심어놓고 왔
으니, 어떻게 뉴욕에 애착하지 않을 수 있겠는가라고 반문한다. 뉴욕은
이병주로서는 상당 기간 체류하며 그 문물에 연접한 도시이고, 또 그가
쓴 여러 글의 소재가 되기도 했다. 이 소설은 소설로서의 형용을 갖추
기보다는 평이한 자전적 기록의 성격이 강하다.

　　단편 「이사벨라의 행방(行方)」은 1973년의 칠레 방문기를 소설 형식
을 갖추어 썼다. 한편으로는 여행기에 가깝기도 한데 작가는 '기행문
을 쓸 작정'은 아니라고 명기해 두었다. 산티아고 공항으로 마중을 나
온 안내자의 이름이 이사벨라 멘도사, 칠레 대학의 인문학과에 다니는
여학생이었다. 이사벨라와 더불어 칠레의 국명(國名)을 비롯, 여행자가
궁금한 사안들을 순차적으로 두루 거친 다음에 '나'는 뉴욕으로 돌아왔
다. 그리고 뉴욕에서 칠레의 쿠데타 소식을 들었다. 회상 시점으로 돌
아보면 이사벨라와 함께 쿠데타와 칠레의 정치에 대해 나눈 얘기가 많
고 그 내용은 고급한 식견을 자랑하고 있다. 이사벨라의 비판적 논리
도 우월하다.

　　'나'는 미국에서 칠레로 전화를 걸었으나 이사벨라의 종적을 찾지 못
한다. 칠레 대학에서 체포된 교수와 학생이 1,520명이나 된다는 보도
를 보았던 것이다. 서울로 돌아와 몇 차례 산티아고에 편지를 띄웠으나
회신이 없었고, 마침내 행방불명이 된 채 생사를 모른다는 전갈을 받
는다. 그 뒤 오스트리아의 펜 대회에 참석했다가 칠레 대표로 온 문인
에게 이사벨라의 행방을 탐문해 보지만 모두 허사다. '나'가 이사벨라

에 집착하는 것이 그 젊은 지성 때문인지 이성(異性)으로서의 감각 때문인지 분명히 구획하기 어려우나, 이 소설에서 이사벨라 없이 칠레 여행기나 칠레에 관한 이야기가 수준 있는 소설 공간의 수용력을 갖기는 어려운 노릇이다.

단편 「유리빛 목장에서 별을 삼키다」는, 오스트리아 비엔나에서 1975년 11월 스페인의 국가원수 프란시스코 프랑코 바하몬테 총통의 부고 기사를 읽는 것으로 시작된다. 화자인 '나'는 물론 코스모폴리탄 여행가인 이 작가의 인식을 대언한다. 그에 뒤이어 스페인 내란에 대한 문학 작품들을 떠올리고 더 나아가 정치적 사태에 따른 평가를 장구하게 진술한다. 그 진술의 행렬이 너무 심층적이면서도 장황해서, 자칫 소설로서의 보람을 잃어버릴 우려도 없지 않다. '나'는 1972년 마드리드를 방문했을 때의 기억을 다각도로 떠올리기도 하고 행선지로 파리를 거치기도 하는데, 작가가 스페인 내란에 집중하는 이유는 아마도 전쟁 또는 수형(受刑) 생활의 면모가 한국에서 작가 자신이 겪은 근대사의 파고(波高)와 여실히 유사하기 때문일 것이다.

파리를 떠나기 전날 밤, '나'는 호텔에서 갈르시아 롤르카의 시집을 펴든다. 그 시집에서 '유리빛 목장에서 별을 삼키다'라는 구절을 찾아내고, 용서와 자살의 상관관계를 유추해 본다. 그 구절은 '나'에게 스페인의 정변처럼 난해하지만 은은한 애수를 남긴다. 시적 은유와 소설의 주제를 직접적으로 상관하여 해석하기는 어려우나, 그것이 스페인 역사의 우여곡절 가운데 시인이 남긴 절박한 실상의 한 편린임을 이해하는 데는 크게 어려움이 없다. 그러나 보다 더 이 글의 주제에 근접하는 개념을 논거하자면, 이 유럽의 다양 다기한 도시 공간 가운데서 자신의 박학다식과 박람강기를 구현하는 작가의 호활한 문필을 먼저 상찬해야 할 것이다.

4.

지금까지 이 글에서는 문학에 있어서 공간 환경의 성격과 의미, 이병주 소설에 나타난 지역적 환경 조건의 경향과 이유, 그리고 그것이 잘 드러나는 대표적인 작품들을 개괄적으로 살펴보았다. 이병주 소설의 지역 환경은, 국내 및 해외에 걸쳐 두루 광범위하게 그 이야기의 울타리를 설정하고 있었다. 국내에서는 작가의 대표작으로 일컬어지는 역사 소재 장편소설들의 무대, 곧 하동·진주·부산 등이 생래적이고 체험적인 배경으로 도입되고 있음을 볼 수 있었다. 그리고 그 공간은 허구로서의 소설적 이야기에 사실성을 부여하는 효력을 발휘했다. 특히 이는 스스로 '실록 소설가'임을 자처하는 작가 이병주의 작품세계와는, 불가분의 관계에 있는 소설적 요소라 할 것이다.

해외 여러 대륙에 걸쳐 그야말로 종횡무진한 소설의 지역적 환경은 작가의 곤고한 체험과 지적 편력, 그리고 여행 경험을 바탕으로 하고 있으나 그의 관심이 집중된 작품은 결국 고난의 세월을 보낸 자신의 개인사 및 우리 근대사의 질곡과 그 형상이 닮아 있는 경우였다. 거듭 강조하자면 이 작가와 동시대의 작가 가운데 그처럼 광폭(廣幅)의 공간적 행보를 보인 작가가 드물었다는 측면에서 길이 그 의의를 새겨둘 만하다. 그것이 이 글로벌 또는 글로컬 시대에 있어서 우리 문학이 개척하고 추동해 나가야 할 길이기 때문이다. 이병주 소설의 넓고 유의미한 공간은 그 작품의 존재를 가능하게 하는 부력으로 작동하는 동시에, 이 작가를 그가 떠난 지 20여 년이 지난 오늘날에 있어서도 여전히 공들여 탐색하게 하는 까닭이 되기도 한다.

이병주 소설과 문학의 대중성

1. 머리말

이 글은 이병주 소설이 가진 대중성의 의미를 구체적인 작품을 통해 구명(究明)하는 데 목표가 있다. 문학에 있어서의 대중성이라는 것은 앞선 세대까지 그것이 부정적인 측면을 말하는 것으로 인식되었고, 특히 상업주의 문학의 대두와 더불어 순수문학의 굳은 성채를 위협하는 악성코드처럼 인식된 시기도 있었다. 세월이 흐르고 시대가 바뀌어서 작가와 독자의 경계가 모호해지고, 본격문학과 통속문학의 경계마저 와해되고 있는 오늘날, 더 이상 대중문학은 문학 논의나 창작 현장에 있어서 공적(公敵)이 아니다. 그러할 때 비중 있게 고려되어야 할 작가가 바로 이병주다.

문학의 대중성이 이와 같은 시대 및 사회의 변환에 따라 새롭게 평가 받는 부분도 있을 것이나, 그 개념 자체가 당초부터 가지고 있던 장점 또한 결코 가볍지 않다. 예술작품이 창작자의 손을 떠나 독자·수용자에 이르러 완성되는 것이라면, 독자의 호응을 담보하지 못하는 작품을 상찬할 근거는 언제나 취약하다. 그런 점에서 민족 공동체의 역사 과정이나 당대 사회의 여러 면모를 소설로 발화하면서 건강한 대중성을 확장해 온 이병주는 다시 점검하고 탐색해야 할 작가이다. 생존 시에 가장 많은 독자와 교호하고 가장 많은 소설 판매 부수를 기록한 작가가 그였다.

이 글에서는 비단 작가 이병주뿐만이 아니라 대중문학과 대중적 글쓰기가 어떤 문학적 좌표 위에 있는가를 확인하기 위해, '대중 소비 사회와 문학'에 관하여 먼저 그 논리적 토대를 검토해볼 것이다. 그런 연후에 이병주의 탁월한 세 작품 「망명의 늪」, 「철학적 살인」, 「매화나무의 인과」를 대상으로 각기의 소설이 가진 대중적 성격과 그 성취를 살펴보려 한다. 더불어 이들이 가진 공통의 특성을 통해, 이병주 소설의 대중성이 어떤 의미와 가치를 갖는지를 논의하려 한다. 「망명의 늪」은 1976년 『한국문학』 9월호에, 「철학적 살인」은 같은 해 같은 지면 5월호에 발표되었고, 「매화나무의 인과」는 그보다 10년 전인 1966년 『신동아』 3월호에 발표되었다.

2. 대중 소비 사회와 문학

우리는 시대적 환경과 현상이 급속도로 변화하는 세계에서 살고 있다. 우리 삶의 정체성을 고정적으로 또는 명확하게 설명하기 어렵고, 그런 만큼 그에 대응하는 문학에 있어서도 현재적 성격과 진행 방향을 온전히 설명하기가 어려운 형편이다. 이처럼 급변하는 상황을 배경으로 하는 문학의 모습은 과거의 문학, 특히 리얼리즘 시대의 문학이나 예술과는 매우 다를 수밖에 없다. 이를테면 예술의 정의를 두고 리얼리즘을 예술의 건전한 경향[35]이라고 언명하던 시대와 오늘의 경우는 여러 부문에서 현저한 차별성을 나타낸다.

이렇게 서로 다른 두 시기의 문학을 직접적으로 비교하는 것은, 근대의 미학 이론가 N.하르트만을 전자매체와 영상문화의 조명이 휘황한, 또는 예술적 상업주의의 기치가 높이 솟은 저잣거리에 세워놓은 것처럼 어색한 포즈가 될 수밖에 없다. 동시대의 문학은 이미 예술의 대중적·상업적 경향을 나쁘다고만 말할 수 없는 인식의 한복판에 있으며, 때로는 예술의 그러한 경도(傾度)를 비판하기보다 대중적 상품을 통해 새로운 방식으로 예술성을 추구하고 탐색해야 할 형국을 순순히 받아들여야 할지도 모른다.

물론 그러할 때의 문학이 그 내부의 진정성이나 예술로서의 품격과 가치, 그리고 문학의 본령에 의거한 인간애 및 인간중심주의의 문제를 어떻게 할 것인가는 지속적인 숙제로 남게 된다. 그러나 문학의 대중성과 본격문학의 전통적 과제가 상충하는 시대의 뒷그림은 이미 과거의 편이 아니다. 그 배경의 발생론적 바탕에는 대중 사회, 대중 매체 사회, 후기 산업사회, 다국적 자본주의 사회 등의 여러 개념과 사조가 연

---

35) N.하르트만, 전원배 옮김, 『미학』, 을유문화사, 1976, pp.178-179.

립하거나 연합해 있다. 모든 것의 가치를 재는 잣대가 대중적 수용성을 우선시하고, 심지어 외형으로 드러나지 않는 정신적 깊이까지도 이를 계량하여 수치화하는 행태가 우리 문학에 있어서 어느 날 갑자기 나타난 변종이 아니다.

사용가치가 교환가치로 전화되며 물화된 의식 체계와 경제적 효용성이 강조되는 대중 사회, 대중 소비 시대는, 한국문학에 있어서 그 용어가 1990년 이후에 주로 사용되었을 뿐, 우리가 이전부터 써 오던 산업화 시대라는 용어 개념을 순차적으로 이어받고 있다. 이 대중 소비 시대의 본격적인 개막은 우리 삶의 양상을 그 바탕에서부터 바꿔놓았으며, 특히 문학의 입지점에 있어서는 '작품의 상품화'라는 문제를 더 이상 외면할 수 없도록 논의의 표면으로 밀어 올렸다. 이와 관련하여 마르크스주의 문예비평가 프레드릭 제임슨(F. Jameson)은 소비 사회가 포스트모더니즘의 문예사조와 그 맥이 상통한다고 보고, 「포스트모더니즘과 소비 사회」에서 다음과 같이 말하고 있다.

포스트모더니즘의 목록에서 찾아볼 수 있는 두 번째 특징은 어떤 중요한 경계나 분리가 소멸된 것이며, 이것은 과거 고급문화와 소위 대중문화 혹은 통속문화 사이에 존재하던 구분이 사라진 것에서 잘 찾아볼 수 있다.

전통적으로 주위의 속물주의와 값싼 것들과 키치, 텔레비전 연속물과 '리더스 다이제스트' 식의 문화에 대항하여 고급 또는 엘리트 문화의 영역을 보존하며, 복잡하고 까다로운 독서, 듣기 그리고 보기 능력을 입문자에게 전달하는 데 관심을 집중해 온 학구적 관점에서 보면, 그것은 아마 무엇보다도 고통스러운 발견일 것이다. 그러나 새로운 포스트모더니즘을 추종하는 많은 사람들은 광고나 모델들, 라스베이거스의 스트립 쇼, 심야 쇼와 B급 할리우드 영화, 그리고 공항 대합실에서 구할 수 있는 괴기소설과 로맨스, 통속적인 전기, 살인 추리소설과 공상과학소설 또는 환상소설 등 소위 주변 문학들로 구성된 그러한 풍경에 매혹당해 있다.

그들은 더 이상 조이스나 구스타프 말러가 그러했듯이, 앞서 말한 텍스트들을 '인용'하는 데서 그치지 않고, 고급 예술과 상업적 형태들 사이에 경계선 긋기가 곤란할 정도로까지 텍스트들을 통합했다.[36]

제임슨이 통렬히 지적한 바와 같이 소비 사회에 있어서 고급문화 순수문학과 대중문화 통속문학 사이에 설정되어 있던 경계선은 더 이상 지탱하기 어려워졌다. 그래도 제임슨의 경우는 이 경계선의 와해를 비판적으로 검토하는 태도를 취하고 있지만, 제임슨과는 달리 대중문화의 확산을 적극적으로 선도하려고 했던 레슬리 피들러(L.A. Fiedler)의 경우에는 그 경계의 사라짐에 대한 현상학 인식은 제임슨과 동일하나 그것을 실제적으로 규정하는 시각은 사뭇 다른 방향을 향한다. 다음은 피들러의 글 「경계를 넘어서, 간격을 좁혀서」의 한 대목이다.

대중 산업사회─자본주의건 사회주의건 공산주의건 이 점에서는 하등

---

36) Fredric Jameson, *Post-modernism and Consumer Society*, 1983.

의 차이가 없다-에서 교양인, 다시 말해 특정 사회의 소수 특권층, 우리
의 경우 대체로 대학 교육을 받은 계층을 위한 예술과, 비교양인 곧 취향
을 길들이지 못하여 구텐베르크적 기술이 부족한 대다수의 제쳐진 사람
들을 위한 또 다른 아류 예술이 존재한다는 생각이야말로 계급적으로 구
조화된 사회에서만 가능한 해악스런 구분이 아직 잔존하고 있다는 것의
반증이 된다.[37]

피들러는 소수 엘리트주의 비평가들이 고급문화와 대중문화의 구분
을 고집하고 있을 뿐, 심지어는 고급예술과 하위예술도 별개로 존재하
는 것이 아니라는 생각을 갖고 있었다. 반모더니즘적 측면에 서서 문학
의 상품화를 오히려 부추겼던 그는 1982년에 발표한 「레슬리 피들러는
누구였는가?」에서는 대중문화의 필연성에 대해서는 이전과 동일한 구
조를 유지하고 있으나 작품을 상품화한 사람들에 대해서는 대단히 과
격한 비판을 서슴지 않았다.

요즘에는 지식인들이 오히려 생색을 내면서 토론하는 주제가 바로 대중
문화이다. 아직 유행이 바뀌기 전인 1950년대에 나는 만화영화『슈퍼맨』
을 옹호하는 글을 최초로 발표하면서, 이미 그러한 주제를 다룬 바 있다.
그러나 과거나 지금의 나의 동료들과 마찬가지로 나는 '상품'으로서의 예

37) Leslie A. Fiedler, *Cross the Border, Close the Gap*, 1972.

술작품을 생산한 사람들이나 배포자들을 책망하거나 그들에 대해 개탄하지 않았던 시절에 대해 부끄러움을 금치 못한다.[38]

여기서 피들러의 '개탄하지 않았던 시절에 대한 부끄러움'은, 예술 또는 문학의 영역에 관한 인식을 넘어 문화산업의 이윤 추구를 위해 벌거벗고 나선 사람들이나 배포자들을 올바르게 비판하지 못했다는 자책이다. 누구에게 잘못이 있건 없건 간에 현대 대중사회의 독자들은 더이상 고급문화에 지속적인 관심과 존중을 기울이지 않고 있으며, 동시에 대중문화의 저속성에 대해서도 그것이 정도를 지나칠 때 눈살을 찌푸리게 된다는 사실을, 피들러는 스스로의 경험칙을 통해 여실히 증명하고 있다.

이러한 중층적 현상은 피들러가 개탄한 바, 1차 생산자인 작가나 문화산업의 유통을 담당하는 출판사 등의 태도 변화와 밀접하게 연관되어 있다. 그 중에서도 대중문화의 압도적 위세와 대중성의 발빠른 확장은, 피들러의 궁극적 우려와 반성적 성찰을 뒤덮은 만큼 막강하다. 책의 출간과 유통에 있어서 개연성의 지경(地境)을 넓히던 상업주의적 태도는, 이제 창작의 작업실에서도 함께 통용된다. 순수문학의 시각으로 볼 때 비루하고 저속한 세상의 저잣거리에서 발돋움한 통속문학이, 예술의 중간자적인 위치를 자처하면서 예술성의 윤색을 도모하는 시대

---

38) Leslie A. Fiedler, *Who was Leslie fiedler?*, 1982.

가운데 우리는 서 있다.

　그런가 하면 이 시대의 순수문학, 특히 구체적 담론 체계를 통해 서술되는 소설은 문자매체를 뛰어넘은 영상매체의 위력을 실감하고 있다. 그런 만큼 독자들 또한 마셜 맥루헌이 '쿨 미디어'라고 명명한 그 바보상자 앞에서 균형잡힌 판단력을 방기해 버리는 일의 위험성을 거의 느끼지 못하는 형편인 것이다. 보다 젊은 기계 세대에 있어 영상매체의 확장이 주체적 능동적 의식활동을 배제시킨다는 주장은, '문학의 위기'를 넘어서 '문학의 죽음'이라는 레토릭에까지 이어져 있다. 이에 대한 처방으로 일부에서 제시된 능동적 참여 및 문화공간의 확대 심화나, 어떤 경우에도 양도할 수 없는, 문학 고유의 기능에 기댄 부활의 논리는, 애써 설명될 수 있으나 흔쾌히 납득되기는 어렵다.[39]

　요컨대 그와 같은 속성의 시대 또는 사회적 문맥 아래 우리가 살고 있으며, 이는 지금껏 우리가 논거한 대중 소비 사회, 대중문화 시대의 환경적 특성을 구성하고 있다. 여기서 살펴보려는 이병주 소설의 대중성 문제에 있어서, 이러한 대목의 인식은 매우 중요하다. 첫째로는 역사 소재 소설과 궤를 달리하는 이병주 소설의 경우, 대체로 그 대중성의 장점을 발양하는 글쓰기의 양식을 갖추고 있으며 그것이 생존 당시 가장 많이 읽히는 작가로서의 면모를 형성한 힘이 있기 때문이다. 둘째로는 역사소설에서와 같은 작가로서의 준열함이 희석되었을 때, 대중

---

39) 이 단락의 여기까지의 내용은 필자의 글 「대중 소비 사회와 문학의 운명」(『문학의 숲과 나무』, 민음사, 2002) 중 일부를 발췌, 수정한 것이다.

성을 앞세운 문학의 폐단이 직접적으로 드러나는 사례를 목도할 수 있기 때문이다.

대중성은 그것이 가진 여러 가지 문제점이나 취약점에도 불구하고 강력한 대중 동원력을 가지는 장점이 있다. 소설이 궁극적으로 독자와 소통하고 문학 행위로서의 완성이 독자에게 수용됨으로써 완성되는 것이라면, 이 장점을 폄하거나 도외시할 권한은 누구에게도 없다. 이병주는 이 소설적 문맥을 익히 알고 있었던 작가다. 만일 그가 이것을 활용하되 그 단처를 경계하는 절제력을 익히고 있었더라면, 현대 대중사회의 남녀 간 사랑 이야기를 소재로 한 소설들이 우려할 만한 통속성이나 동어반복을 초래하지 않았을 것이다.

그러한 현상은 어떤 의미에 있어서 『관부연락선』, 『지리산』, 『산하』 등의 역사소설이 금자탑처럼 쌓아 올린 그의 문학적 개가(凱歌)를 하향 평준화 하는 결과를 노정한 셈이기도 했다. 그러나 이는 이병주 문학의 총괄적 형상을 두고 최소공배수의 형식으로 진단하는 논리이고, 대중성의 공약수를 취합하여 그의 소설이 가진 그러한 분야의 미덕을 현저히 보여줄 수 있는 작품세계는 여전히 만만하지 않다. 역사 소재 소설로서 『바람과 구름과 비』나 현대의 세태소설 『행복어사전』 등이 그러하거니와 「예낭풍물지」, 「쥘부채」, 「박사상회」, 「빈영출」 등 수발한 중·단편들도 많이 있다. 여기서 대상으로 하는 세 작품 「망명의 늪」, 「철학적 살인」, 「매화나무의 인과」 또한 그와 같은 범주에 있다.

3.가치 지향적 대중성의 소설적 모형

3-1. 내면 지향적 삶 의식과 룸펜-「망명의 늪」

「망명의 늪」은 이 작품이 발표된 1970년대 중반의 사회현상을, 그 현상 가운데 집약적인 것을 모두 포괄하고 있는 중편소설이다. 개발독재와 산업화의 시대가 가장 우선적으로 내세웠던 경제성장이 실효를 보이기 시작하고, 그와 더불어 산업화의 배면에 기식하는 부정적 측면들이 구체적 형용을 띠고 현실 속에 나타나기 시작한 때다. 이 사회 현실, 그리고 그것의 소설적 발화를 이끌고 있는 화자 '나'는, 좋은 자질을 갖춘 인물이지만 현실 안착에 실패하여 인생을 망친 고등 룸펜이다.

미상불 이병주 소설의 고등 룸펜은 「예낭풍물지」나 『행복어사전』 등 여러 작품에 두루 등장하는, 이 작가의 전매특허 같은 존재이지만, 그의 눈에 비친 세상이야말로 우등생의 모범 답안에서는 볼 수 없는 깊이 있고 진솔한 모습인지도 모른다. 이를테면 그렇게 하여 거꾸로 보거나 뒤에서 보기가 가능하고, 정면의 객관적 성과에 파묻힌 사태의 진면목이 드러날 수 있다는 뜻이다. '나'의 눈에 비친 또 다른 고등 룸펜 하인립, 인격적 완전주의자의 표본과도 같은 성유정은, 이 소설이 아니더라도 이병주 작품 세계의 곳곳에 잠복해 있는 인물들이다. '나'가 '이 군'인 것은 이병주 소설의 기록자 이름이고, 고매한 인격자 성유정은 그 이름 그대로 다른 여러 작품에 출연한다.

실패한 사업가가 실패한 이유는 권모술수 없이 순진한 인간적 감성으로 사업에 뛰어들었을 때이다. 기실 작가 자신도 그와 같은 방식의 사업이란 것을 경영한 적이 있다. 물론 실제에 있어서든 소설에 있어서든 그 사업은 성공을 거두지 못한다. 작가는 소설을 쓸 수밖에 없고 소설 속의 '나'는 조락한 인생을 천직으로 받아들인다. 이 간략하고도 처절한 생존경쟁의 구도는, 이 소설이 발표되던 그 시기에 이미 일반화 된 것이었다. 작가는 한편으로 국민의 소득 지수를 높여가는 사회가, 다른 한편으로 그로 인한 명암의 굴곡을 심화할 수밖에 없다는 이율배반적 이치를 목도했다. 그러기에 「망명의 늪」은 당대의 실존적 현실에 가장 근접해 있던 작품이다.

'나'와 성유정을 잇는 이야기의 중심 줄기 외에, '나'의 룸펜 행각을 뒷받침하는 두 여자, 곧 지금 부부처럼 살고 있는 술집 여자와 새로운 약속을 만들어 보았던 낙원동 목로술집의 여자는 이병주 소설의 인생유전을 반영하고 소설 읽기의 재미를 촉발한다. 그런가 하면 'Y대학의 P교수'처럼, '그 많았던 하인립 씨의 친구들, 거의 매일 밤 더불어 흥청거리던 하인립 씨의 술친구들'은 예나 지금이나 다름없는 염량세태의 형상이다. 이 대목에 공감하고 이해가 용이한 것은, 우리 모두에게 잠복해 있는 그 저열한 인간적 속성의 한 부분을 이 작가가 예리하게 적출한 까닭에서이다. 성유정의 권유, 새로운 삶을 살아보라는 권유에 대한 '나'의 대답은 이렇다.

"인간에게 있어서 가장 소중한 것을 짓밟지 않는 한, 돈을 벌지 못하는 것을 알았어요. 자기의 천국을 만들기 위해 무수한 지옥을 만들어야 한다는 것도 알았어요. 그렇게 해서 돈을 벌어 뭣하겠습니까. 나는 히피처럼 살아가렵니다."

　성유정은, "히피는 해피라나? 히피엔 철학이 있지"라고 응수한다.
이 언표는 매우 중요하다. 히피와 해피를 동일 선상에 둘 수 있다는 인
식은 바로 작가의 것이고, 그 히피에 철학이 있다는 궤변적 철학 또는
철학적 궤변은 이병주 소설의 한 지반을 이루기 때문이다. 다음 항에서
살펴볼 소설 「철학적 살인」은 이 인식의 구조를 매우 정교하게 그리고
품위 있게 유지한 작품이다. 당대의 시대와 사회상, 인식의 방향이 다
른 여러 유형의 인간 군상을 조합하여, 작가는 재미있고 잘 읽히는 소
설 한 편을 산출했다. 삶의 질곡에 대응하는 극단적 방식으로서의 현실
도피와 자기 방출, 그것을 매설한 공간 환경의 이름으로 거기에 '망명
의 늪'을 붙여 두었다.

3-2. 통상적 인식의 초월과 귀환 -「철학적 살인」

　「철학적 살인」은 어떤 의미에 있어서 살인의 미화를 뜻하는 것으로
보이지만 보다 더 무거운 뜻은 살인의 절박성, 더 나가서 살인의 당위
성에 대한 함의를 다룬 소설이다. 그의 다른 소설 「그 테러리스트를 위
한 만사(輓詞)」에 잘 나타난 바, 온전한 테러는 산 사람을 죽이는 '살생'
이 아니라 이미 정신이 죽은 자를 죽이는 '살사(殺死)'라는 논리에 잇대
어 설명될 수 있는 개념이다. 이 짧지만 강렬한 단편 「철학적 살인」의 배
경 역시 1970년대 중반의 경제성장 시대다. 내면의 자아는 궁핍의 기억
에 묶여 있고 삶의 외형은 도회적 부유와 해외 소통으로 확장된, 그 불

협화의 언저리에 기대어 있다.

"이 소설은 사랑하는 아내에게 과거가 있었다는 것과 그 과거의 사나이와 아내가 정을 통하고 있다는 사실을 알았을 때, 남편은 어떻게 해야 하는 것일까"라는 의미심장한 전제로 서두를 연다. 소설의 주인공 민태기는 결국 그 사나이 고광식을 죽인다. 그것도 일시적 충동에 따라 감정적으로 또는 실수로 죽인 것이 아니라, 정확한 살의를 가지고 자신의 철학에 따라 죽인 것이다. 민태기는 재판정의 최후 진술에서도, 정상의 재량을 바라지도 않고 관대한 처분을 바라지도 않는다고 말했다. 민태기의 철학은, 그 두 사람이 진정으로 사랑했다면 모르지만 장난으로 사랑을 유린한 것은 용서할 수 없다는 결론을 도출한다. 그는 전도 양양한 자신의 미래를 스스로 버렸다.

소설의 이야기는 흔히 볼 수 있는 애정의 삼각관계에 걸려 있기도 하고, 그 전개가 일견 추리소설적 방식을 닮아 있기도 하여, 사뭇 흥미진진하다. 낮은 자리에서 입신한 민태기와 원래 상류층이었던 고광식의 대립, 그 사이에 있는 아내 김향숙, 그리고 사막의 신기루처럼 떠 오른 고급한 삶의 풍광들은, 이 소설이 대중취향적이며 대중성의 구미를 유발할 수 있는 여러 요소를 갖추고 있음을 말한다. 아내 김향숙의 입지는 수동적 차원을 벗어나지 못하고 있으므로, H.E.노사크의 표현[40]을 빌어오자면 등장인물로서는 억울한 측면이 없지 않다. 또 그만큼 소설

---

40) H.E.노사크, 임순호 역, 『문학과 사회』, 삼성문화문고 64, 1975, p56.

적 상황에 대한 사유의 진폭을 넓히는 기능을 하기도 한다.

그러나 마무리에 이르러 고광식의 아내 한인정의 편지는 다소 당혹스럽다. 민태기는 징역 5년을 선고 받고 복역 중인데, 그 감옥 생활 1년이 지났을 때 미국으로부터 온 편지를 받는다. "인생을 새로 시작할 경우 혹 반려를 구하실 의사가 있으시면 저를 그 제일 지원자로 꼽아두십시오"라는 사연이 기록되어 있는 편지다. 이 새로운 상대역의 조합은 살인에 철학을 덧붙이는 강변만큼 읽기에 편안하지 않다. 바로 이 지점이다. 이처럼 어색하고 불편한 이야기를 마침내 납득하고 수긍할 수밖에 없도록 꾸며 나가는 소설적 설득력이 이병주의 것이다. 거기에는 이 작가가 생래적으로 타고난 강력한 대중친화력이 숨어 있다.

민태기는 그 편지를 볼 때마다 씁쓸한 웃음을 띠지 않을 수 없었다. 시간이 감에 따라 그는 자기가 한 행동이 철학적 살인이기는커녕, 경솔하고 허망한 질투가 저지른 비이성적 행동이었음을 깨닫게 된 것이다. 그러나 고광식을 죽인 것을 결코 뉘우치진 않았다. 사람은 이성에 따르기보다 감정에 따르는 게 훨씬 더 정직하고 인간적일 수 있다는 신념을 가꾸게도 되었다.

눈앞에 보는 바와 같이 이 작가는 이렇게 기민하고 영악하다. 치명적 잘못이 있는 상대방의 목숨을 빼앗고 그것을 충분히 합리화한 다음, 장면을 바꾸어 그 행위가 포괄하고 있는 양면성을 자유롭게 되살리는 담화의 유연함은, 가히 한 시대의 '정신적 대부'란 명호를 수납할 만한

국량에 해당할 것이다. 「철학적 살인」이 가진 또 하나 비장의 무기는, 그 살인의 정황을 A검사나 B판사의 자기 조회에 그치지 않고 연이어 독자 대중의 자기 점검을 요구하는 데 있다. 이 작가는 소설적 이야기가 독자를 만나는 그 통로의 문맥을 익숙하게 알아차리고 있는 셈이다.

3-3. 인과응보와 비극적 운명론 - 「매화나무의 인과」

「망명의 늪」이나 「철학적 살인」이 작품의 무대를 1970년대 중반으로 하고 그 시기에 발표되었다면, 「매화나무의 인과」는 그로부터 10년 전인 1966년 작품이고 이야기는 전근대적 계급사회의 구조와 변화하는 현대적 동시대 사회를 동시에 가로지르는 동선을 가지고 있다. 소설의 줄거리도 제목이 표상하는 바와 같이 무슨 설화를 바탕에 둔 듯한 숨겨진 사연을 암시하는 듯하다. 이 소설의 시작은 "지옥이란 있는 것일까. 없는 것일까"라는 전혀 뜬금없는 화두로부터 열린다.

작가의 현학 취미를 과시하듯 박람강기한 '지옥론'이 한동안 계속된 다음, 이야기는 '성 참봉집 매화나무'로 넘어간다. 그러니까 이 작품은 액자소설 형식을 취하고 있다. 표면적 이야기는 '청진동 뒷골목 언제 가도 한산한 대포술집'에서 진눈깨비가 내리는 밤에 몇 사람의 친구들이 나누는 것이고, 내포적 이야기는 이들의 건너편 자리에 혼자 앉은 사나이로부터 전해들은 '지옥'에 관한 것이다. 참봉집 매화나무에 얽힌 인과의 숨은 곡절이 지옥도에 다름 아니더라는 말이 된다. 그런데 이 액자의 경계를 넘어 또 시대의 구분을 넘어, 비장(秘藏)의 과거사를 찾아가는 소설적 기술 또한 추리소설적 대중성과 그 담화의 재미에 일익을 더하고 있다.

그 과거의 이야기는 사람들의 입초사로 시작한다. 성 참봉집 매화꽃
이 다른 매화꽃보다 크고 열매도 빛깔도 남달랐다는 중론이다. 풀 한
포기가 달라 보여도 그것이 눈에 보이지 않는 미세한 작용을 안고 있는
것인데, 확연히 눈에 띠는 꽃이 그러하다면 거기에 유다른 사연이 없을
수 없다. 본시 성씨 일문의 재실 뜰에 있는 나무를 성 참봉이 그의 집 사
랑 앞뜰에 옮겨 심었고, 이를 계기로 참봉의 성벽(性癖)이 달라지고 천
석 거부(巨富)의 재산이 금이 가기 시작한 것이다. 덩달아 그 집 머슴 돌
쇠의 태도도 게으름과 교만으로 돌변한다.

서둘러 답변부터 말하자면, 그 나무 옮겨 심은 자리에 이십 년 전 성
참봉이 저지른 살인의 시체가 묻혀 있었다. 돌쇠는 그 매장을 도왔다.
큰 아들은 반신불수, 작은 아들은 즉사, 딸은 광인(狂人)이 되어버린 패
가의 원인행위에 순간의 탐욕으로 인한 살인사건이 있었던 것이다. 이
엄혹하고 잔인한 인과응보의 실상이 화사한 매화나무 아래 매설되어
있으니, 이야기의 박진감과 더불어 소설적 이미지의 대조 역시 하나의
극(極)을 이루었다. 액자 바깥의 사나이는 "이래도 지옥이 없나요?"라
고 반문한다. 이 작가 특유의 현란한 문장으로 장식된 에필로그는 다
음과 같다.

이 밤이 있은 뒤 지옥이란 관념이 나의 뇌리를 스치든지 지옥이란 말을
듣든지 하면, 황량한 겨울 풍경을 바탕으로 하고 요염하게 꽃을 만발한 한
그루 매화나무가 눈앞에 떠오르곤, 광녀 머리칼처럼 흐트러진 수근(樹根)

의 가닥가닥이 썩어가는 시체를 휘어 감고, 그 부식 과정에서 분비되는 액체를 탐람하게 빨아올리는 식물이란 생명의 비적(秘蹟)이 일폭의 투시화가 되어 그 매화나무의 환상에 겹쳐지는 것이다.

작가의 이 마지막 자작 감상은, 걷잡을 수 없는 비극의 행로와 잔인하기까지 한 식물의 생명력이 한 그루 매화나무에 겹쳐지는 그림, 괴기와 공포 그리고 우주자연의 냉엄한 운행 이치가 한데 얽힌 그림을 완성한다. 거기에 죄지은 자 반드시 징벌을 받는다는 권선징악의 단순 논리를 넘어, 인간의 구체적 삶에 개재된 인과와 운명론의 실상이 소설의 담론으로 제시된 터이다.

김동리가 액자소설로 쓴 「무녀도」가 한 폭 비극의 그림이었듯이, 이병주의 액자 소설 「매화나무의 인과」는 그에 필적할 만한 다른 한 폭 비극의 그림이다. 전자가 구시대의 세태와 새로운 시대의 문물이 문화충격을 일으킬 때 발생하는 가족사의 비극을 그렸다면, 후자는 행세하는 한 집안의 수장이 순간의 탐욕을 절제하지 못하고 저지른 살인과 그로 인한 집안의 궤멸을 추리소설적 기법으로 그렸다. 그런데 이 모골 송연한 담화를 추동하면서 겉보기의 이야기를 자연스럽게 풀어두고 마무리에 이르러 실상을 드러내는 완급의 조절 기량은, 이 작가가 독자의 따라 읽기 호흡을 아주 능란하게 알아차리고 있다는 증좌 중 하나이다.

4. 마무리

　지금까지 살펴본 「망명의 늪」, 「철학적 살인」, 「매화나무의 인과」 등 세 작품은 그 한 편 한 편이 수발한 작품이지만, 이들을 공통의 시각으로 묶어 볼 수 있게 하는 대중적 특성에 있어서도 여러모로 유사성을 지닌다. 우선 작가가 독자의 글 읽기 흥미를 유발하는 전가보도(傳家寶刀)로써 소설적 이야기의 극적인 구성은 사실 이 작가에게 오래고도 익숙한 특징에 해당한다. 물론 이야기만 재미있다고 해서 좋은 소설인 것은 아니다. 그러나 오늘날과 같이 소설이 독자의 구미를 북돋우기 어려운 시대, 작가와 독자 사이의 팽팽한 긴장감이나 감응력이 사라져가는 시대에 있어서, 이 고색창연한 미덕을 앞선 시대의 작가에게서 요연하고 풍성하게 발견할 수 있다는 점이 중요하다.

　다음으로 이병주 소설의 도처에 편만해 있는 모티프이지만, 소설적 이야기에 언제나 운명론적 상황을 도입한다는 것이다. 일찍이 비극의 운명론은 아리스토텔레스 이래 인류 예술의 모태를 이루어 온 주제이다. 이 작가는 역사 소재의 장편소설 『관부연락선』 말미에서, '운명… 그 이름 아래서만 사람은 죽을 수 있는 것이다'라고 적었다. 그런가 하면 다른 여러 소설들에서 '운명이라는 단어가 등장하면 토론은 종결'이라고도 했다. 그렇다면 그의 '운명'은 실존의 생명현상이며 토론을 거부하는 완강한 자기 체계를 형성하는 것이다. 하지만 소설의 이야기에 있어서는 이 화소(話素)를, 유연하고 조화롭게 가상현실의 삶 속으로 유인한다. 세 작품의 경우 모두 그러하다.

그런가 하면, 그의 소설들은 이성적 논의가 날카롭게 빛나고 철학적 토론을 유발할 만한 주제를 부각시키기는 하지만, 그 종착점은 언제나 감성적이며 인본주의적인 지향점을 갖는다. 그를 일러 흔히 문·사·철(文·史·哲)에 두루 능통한 작가, 특히 역사소설에 있어 한국 근대 정치 상황에 대한 이념적 토론이 가능한 작가라고 지칭한다. 하지만 작가는 인간중심주의에 연맥되어 있지 않으면 소설이 소설로서의 보람을 다하지 못한다는 인식에 입각해 있다. 그와 같은 감성적 사유와 행위가 존중받을 수 있는 시대 또는 사회야말로 그의 문학이 꿈꾸는 신세계다. 그 길이 막혀 있거나 인간이나 제도에 의해 외면당할 때 그는 '감옥에 유폐된 황제'를 내세운다. 자신의 감옥 체험을 뜻하기도 하는 이 소설문법은 「소설·알렉산드리아」, 「겨울밤」 등 여러 곳에서 볼 수 있다.

이 글에서 언급한 세 작품을 중심으로 여기서 예거한 세 항목의 대중적 특성 이외에도, 그에게는 대중성의 견인을 감당한 여러 유형의 비기(秘技)들이 있다. 그 중 하나가 놀라울 정도의 세계적 견문과 박학다식이다. 이는 상당 부분 작가 스스로의 발걸음으로 이룩한 체험적 기록에 빚지고 있다. 그와 더불어 예문을 통해 잠깐 견문한, 유려하고 수발한 문장의 조력을 덧입고 있다. 그렇게 그는 한 시대를 풍미한 대중적 베스트셀러 작가로 살았다. 현대사회에 있어서 남녀 간의 애정문제를 다룬 장편소설들에 이르러서는 절제의 경계와 금도(襟度)를 넘어간 부분이 없지 않지만, 그는 여전히 우리가 주목하고 학습해야 할 대중문학의 거목이다.

한 운명론자의 두 얼굴

「소설 · 알렉산드리아」

1. 머리말

"예술적 형상은 현실의 반영"이라는 등식이 통용되던 시대의 작가는, "그 명제가 옳지만 단지 그것만을 주장한다면 이는 오류"라는 판단이 일반화된 시대의 작가보다 행복했을 것이다. 세계관과 창작방법의 분리문제를 걱정하지 않아도 좋았던 시대적 상황 속에서 작품 활동을 한 작가는 "험악한 시대를 깨어 있는 정신으로 살았다"고 말한 존 밀턴의 아포리즘에 충실하면 그만이었다.

기교주의나 과도한 형식 실험을 동반한 모더니즘 문학과, 사회적 실천 문제를 앞세운 보다 직접적인 화법의 리얼리즘 문학이 독자들의 공감대를 나누어 가져온 한국 현대문학사의 바탕 위에서 보자면, 체험 중심의 문학은 일견 단조롭고 덜 세련되어 보이기도 한다. 하지만 그와 같은 단계를 밟아오면서 우리 문학의 내용이 다져졌다고 할 때, 결코 전

시대의 투박한 문학이 지금의 개량된 시각으로부터 일축될 수 없다.[41]

이러한 시각은, 작가의 체험을 직접적으로 반영하고 있는 사실적인 문학의 입지를 설명하기 위한 것이다. 미국의 작가 O. 헨리는 "나는 나의 다리를 이끌어주는 유익한 램프를 갖고 있다. 그것은 '체험'이란 램프다"라고 말했는데, O. 헨리식 인식의 방법으로 작가와 작품 세계를 살펴보기에 이병주는 강력한 효용성을 가진 작가이다.

이병주는 1921년 경남 하동에서 출생하여 1992년 고희를 넘긴 지 얼마 안 되는 나이에 타계했다. 일본 메이지대학 문예과에서 수학했으며, 진주 농과대학과 해인대학 교수를 역임하고 부산 '국제신보' 주필 겸 편집국장을 지냈다. 그가 살아온 세월은 "일본 제국주의가 이 나라를 통치하던 시절로부터 해방공간을 거쳐, 남과 북의 이데올로기 및 체제 대립과 6·25동란, 그리고 남한에서의 단독 정부 수립 등 온갖 파란만장한 역사의 굴곡이 융기하고 침몰하던 격동기"였다.

이와 같은 작가의 이력과 그 배경이 되는 시대사가 맞물리면서, 그는 학병이나 감옥을 비롯한 극단적인 체험에서부터 심지어 빨치산 부역자로 지목되는 등, 그야말로 소설의 소재가 되고도 남을 인생유전(人生流轉)의 주인공이 되었다. 그러한 이유로 단편이나 장편을 막론하고 자신이 살았던 시대를 배경으로 한 소설들에는, 그러한 자전적 체험과 세계 인식의 기록이 편만해 있다.

---

41) 김종회, 「체험소설의 발화법, 그 특성과 한계」, 『위기의 시대와 문학』, 세계사, 1996, p.176.

이 글은 이처럼 독특한 삶을 탁발한 소설 제작 능력과 더불어 문학화한 작가 이병주, 그리고 그의 소설에 있어 '문열이'로 알려져 있는 작품 「소설 · 알렉산드리아」[42]를 중점적으로 살펴보는 일을 목표로 한다. 그로써 이병주 문학의 소설에 대한 관점과 그 이후 백화난만하게 전개되는 소설의 방향성을 도출해 볼 수 있을 것으로 여겨지기 때문이다.

이병주의 작품 세계가 80여 권의 소설로 확장되어 있는 까닭으로 그 연구나 비평 또한 넓은 범주와 함께 일견 산만한 성과에 그치고 있는 형국으로 보인다. 여기서 서술하려 하는 체험 위주의 소설관 가운데 주요 작품 「소설 · 알렉산드리아」의 분석적 고찰과 같은 경우는, 연구사에 있어서의 친족관계를 찾기가 어려운 실정이다.

그런 점에서 이 글이 향후 이병주 문학 연구의 효용성 있는 기반이 될 수 있었으면 한다. 이 글에서는 이와 같은 시각으로 이병주의 데뷔작 「소설 · 알렉산드리아」를 분석하려고 하며, 이 작품의 '문열이'로서의 의미와 작품 전체의 문학적 의미에 대한 고찰을 거쳐 이병주 문학 전반에 관한 반성적 성찰에까지 도달해보려 한다.

---

42) 이병주의 데뷔작인 중편 「소설 · 알렉산드리아」는 1963년 『세대』에 발표되었으나, 여기에서는 2006년 한길사에서 발간된 이병주 전집 전 30권 중 『소설 · 알렉산드리아』에 실린 것을 저본으로 한다.

2. 첫 소설과 그 운명의 방향성

이병주의 첫 작품은 대체로 1965년, 그러니까 불혹을 훨씬 넘긴 나이에 발표한 「소설·알렉산드리아」로 알려져 있으며, 작가 자신도 이 작품을 데뷔작으로 치부하곤 했다. 하지만 실제에 있어서 첫 작품은 1954년 '부산일보'에 연재되었던 장편 『내일 없는 그날』이었으며, 이를 통해 그는 오랫동안 내면에 간직해 왔던 작가로서의 길이 어떨지 시험해본 것 같다.

우리는 그의 데뷔작 「소설·알렉산드리아」를 읽고 눈을 크게 뜨고 놀란 여러 사람의 글을 볼 수 있으며, 그로부터 40여 년이 지난 오늘에 그 작품을 다시 읽어보아도 한 작가에게서 그만한 재능과 역량이 발견되기는 참으로 쉽지 않은 일이겠다는 독후감을 얻게 된다.

산뜻하면서도 품위 있게 진행되는 이야기의 구조, 낯선 이국적 정서를 작품 속으로 끌어들여 누구든 쉽사리 접근할 수 있도록 용해하는 힘, 부분부분의 단락들이 전체적인 얼개와 잘 조화되면서도 수미쌍관하게 정리되는 마무리 기법 등이 이 한 편의 소설을 형성하고 있었으며, 따라서 작가로서는 아직 무명인 그의 이름을 접한 이들이 놀라는 것은 당연했다고 할 수 있다.

작가는 자신의 문학적 초상에 관해 서술한 글에서 이 작품을 두고 '소설의 정형'을 벗어난 것이지만 그로써 소설가로서의 자신이 가진 자질을 가늠할 수 있다고 적었는데, 미상불 그 이후에 계속해서 발표된 「마술사」, 「예낭 풍물지」, 「쥘부채」 등에서는 그 소설적 정형을 온전히 갖추면서도 오히려 그것의 고정성을 넘어서는 창작의 방식을 보여주기 시작하였다.

이 첫 작품에는, 향후 그의 소설세계 전체의 진행 방향, 또는 그가 설정하고 있는 소설의 운명적 존재양식에 관한 예표가 여러 유형으로 함축되어 있다. 전상국의 「동행」이나 이청준의 「퇴원」이 그러하듯이 한 작가의 첫 작품이 그와 같은 예표의 기능을 수행하는 사례는 흔히 있는 경우이며, 이병주의 「소설·알렉산드리아」는 더 나아가 이 작가가 새롭게 고양할 수 있는 문학성의 수준도 함께 추산하게 한다. 데뷔작이 그러하기까지 작가의 역량도 역량이지만, 늦깎이로 시발하는 그 지점에서 작품의 부피 또는 깊이에 공여할 수 있는 삶의 관록과 세상사의 이치를 투시하는 안목이 괄목할 만한 수준으로 형성되어 있었던 것이다.

「소설·알렉산드리아」에서 볼 수 있는 고독한 수인(囚人)의 자가발전적 철학의 세계, 그 범주가 넓고 그 내용이 드라마틱한 이야기를 끌고 나가는 특별한 인물들, 시대사와 사회사를 읽고 평가하며 설명하는 기록자의 존재, 인생의 운명을 소설의 발화방식에 기대에 표현하는 결정론적 시각, 그리고 우리 근·현대사의 불합리를 추출하면서 역사와 문학의 상관성을 드러내는 방식 등이 이 한 편의 소설 가운데 잠복해 있다. 「소설·알렉산드리아」를 구체적으로 점검하려는 이 글은, 그러므로 그러한 소설적 요소들을 적시(摘示)하고 분석하는 형태로 제시될 것이다.

3. 새로운 얼개, 새로운 담론의 조합

3-1. 고독한 황제, 수인(囚人)의 환각

「소설·알렉산드리아」의 화자인 '나'는 알렉산드리아의 몇 안되는 지인(知人)들에게 '프린스 김'으로 불린다. 이 호명은 중층적 뉘앙스를 가지고 있다. 김해 김씨가 김수로왕의 후예라는 사실은 외형적 안전장치에 불과하고, 실상은 한국의 감옥에 있는 화자의 형이 스스로를 수인으로 있는 '고독한 황제'라 지칭하는 그 인식의 증폭현상을 수긍하는 방식으로 주어진 것이다. 그러므로 '나'는 이국에 있는 왕제(王弟) 또는 황제(皇弟)이며, '나'가 빈한한 악사인 만큼 대양(大洋)을 넘는 의식 내부의 증폭작용은 대단한 감응력을 가진다. '나'는 이를 매우 시니컬한 시각으로 바라보고 있지만, 그 굴레로부터 벗어날 수 없고 또 벗어나려 하지도 않는다.

화자가 '프린스'이기 위한 필요조건이 아니라 충분조건으로 형은 수형(受刑) 중인 황제이다. 형의 수감이 작가의 감옥 체험을 반영하고 있기는 앞서 언급한 바와 같다. 그런데 수인이 황제로 탈각할 수 있는 그 인식의 증폭은 형과 나를 하나로 묶는 탈공간적 기능을 수반한다.

그랬는데 지금의 나는 너와 더불어 알렉산드리아에 있고, 여기에 이렇게 웅크리고 있는 나는 나의 그림자, 나의 분신에 불과하다는 환각을 키울려는 것이다.

사랑하는 아우. 웃지 말라. 고독한 황제는 환각 없인 살아갈 수 없다.…[43]

한국의 감옥에 있는 형이 먼 이국 알렉산드리아에 있는 동생과 의식적 연대 또는 동일시를 가져올 수 있는 논리적 근거는 이 소설 속에 매우 친절하게 피력되어 있다.

교양인, 또는 지식인은 난관에 부딪쳤을 때 두 개의 자기로 분화한다. 하나는 그 난관에 부딪쳐 고통을 느끼는 자기, 또 하나는 고통을 느끼고 있는 자기를 지켜보고, 그러한 자기를 스스로 위무(慰撫)하고 격려하는 자기로 분화된다. 그러니 웬만한 고통쯤은 스스로가 스스로를 위무하고 지탱하고 격려하면서 견디어낸다.[44]

고독한 황제의 환각을 가진 형은 충분히 그 자신을 분화하여 또 하나의 자신을 알렉산드리아에 있는 동생에게 보낼 수 있는 인식 능력의 소유자이다. 동생이 형의 편지를 중개하고 있다는 점은, 곧 형의 인식이 동생을 통해 그 컨텐츠를 개방한다는 의미에 이르게 한다.

이 때의 화자인 '나'와 형은 한 인물이 가진 두 개의 속성, 다시 말해 인식의 주체와 그것의 기록자 또는 해설자라는 두 유형으로 분화된 일

43) 이병주, 「소설 · 알렉산드리아」, 『소설 · 알렉산드리아』, 한길사, 2006, pp.9~10.

44) 앞의 글, p.33.

란성 쌍생아와도 같다. 우리는 이러한 이중적 인물 유형을 그 동안 익히 보아 왔다. 이상의 「날개」에 등장하는 '나'와 아내가 그러하고, 헤르만 헤세의 『지성과 사랑』에 등장하는 나르치스와 골드문트 역시 그러하다.

자신을 고독의 성에 유폐된 황제로 수납하는 한 운명론자가, 하나의 얼굴은 한국의 감옥에 그대로 두되 다른 하나의 얼굴은 멀리 알렉산드리아까지 접촉점을 확장한 형식이다. 그러기에 소설의 말미에서 황제의 또 다른 얼굴인 '나'의 정황이 쓸쓸함의 극단적인 형태로 주어질 수밖에 없는 것이다.

3-2. 특별한 인물, 특별한 발화법

'나'를 한국으로부터 알렉산드리아로 운반해 간 마르셀 가브리엘은 이렇게 서술되어 있다.

마르셀 가브리엘. 불란서 사람이면서 화란선(和蘭船)을 타는 선원(船員). 키가 너무 커 육지에서 살기가 거북하기 때문에 선원이 되었다는 마르셀. 그는 육지에 있으면 바다가 그리워서 견디지 못하고, 바다에 있으면 육지가 그리워서 견디지 못하는 성격을 가졌다고 한다. 그래서 그는 스스로를 동경병환자(憧憬病患者)라고 부른다. 동경병환자이기 때문에 남의 동경을 이해하고 그 이해가 나를 코리아에서 이 알렉산드리아로 인도했고, 이 호

텔에까지 나를 데리고 온 것이다.[45]

마르셀만 해도 그 특징적 성격과 이국적 풍모로 인하여 능히 소설의
주인공이 될 만하다. 그러나 이병주의 특별한 인물 형상력은 거기서 여
러 걸음 더 앞으로 나아간다. 본격적으로 특별한 인물, 그러나 소설의
보편적 질서 속에 장착될 수 있는 상식을 갖춘 인물로서, 사라 안젤과
한스 셀러가 등장하면 마르셀은 도입부의 서곡(序曲)에 머문다.

사라 안젤!
나는 이 여인을 어떻게 표현했으면 좋을지 알 수가 없다. 알렉산드리아
에서가 아니면 볼 수 없는 여인이라고나 할까.
(중략)
소녀처럼 청순하고 귀부인처럼 전아하고 정열에 빛나는가 하면 고요한
슬기에 잠긴 것 같고, 관능적이면서 영적(靈的)인 여인.[46]

이는 작가가 처음으로 사라의 외형을 묘사한 것이지만, 정작 사라의
가치는 그 빼어난 외모 속에 범상한 인본주의적 심성과 그것의 실천력
을 감춘 인물이라는 데에 있다. 그 사라가 '나'와 친밀하게 소통될 수 있

45) 위의 글, pp.12~13.
46) 위의 글, pp.36~37.

는 원인은 인간적 진실의 소중함을 아는 데 있고, 그것은 사라가 게르니카 폭격이라는 엄청난 학살 사건의 피해자라는 체험과 결부되어 있다. 이러한 관계는 독일인이면서 게슈타포의 피해자인 한스 셀러와의 관계에서도 마찬가지이다.

이 인물들은 마침내 한스의 동생을 죽인 엔드렛드를 징치하고, "알렉산드리아의 연대기사가(年代記史家)가 꼭 기록해 두어야 할 대사건의 중심부"로 부각된다. 이들은 이 도시의 법정과 언론과 여론을 들끓게 하고, 그에 관한 작가의 수준 있는 식견과 방법론이 소설 가운데로 편입되는 효과적인 발화법을 유발한다. 좀 거칠게 말하자면 이병주가 아니면 감당하기 어려운 인물의 설정이요 그 인물들을 유다른 사건 속에 매설하는 방식이라 할 수 있다.

3-3. 기록자의 눈, 매개 기능의 확대

이병주의 초기 작품들에는 문약한 골격에 정신의 부피는 방대한 문학청년이 등장한다. 이는 거의 모든 작품에 나타나는 '감옥 콤플렉스'와 함께 작가의 현실 체험이 반영된 범례이며 지속적으로 그의 소설에 등장하는 하나의 원형이 된다. 그런가 하면 예를 들어 『지리산』에 등장하는 주요 인물들, 작가가 특별한 애정을 갖고 그 성격을 묘사하고 있는 박태영이나 하준규, 그리고 이규 같은 인물은 일제 말기의 학병과 연관된 공통점을 가지고 있다. 그 '치욕스런 신상'과 한반도의 걷잡을 수 없는 풍운이 마주쳤을 때 이들의 삶이 어떤 궤적을 그려나갈 수밖에 없었는가를 뒤쫓고 있는데, 이 역시 현실 체험의 소설적 형상에 해당한다.

이병주의 소설 세계를 통틀어 우리가 주목해야 할 하나의 요체는 『지리산』에서의 이규와 같은 해설자의 존재이다. 그 해설자는 이름만 바꾸었다 뿐이지 다른 작품들에서도 거의 유사한 존재 양식을 갖고 나타난다. 예컨대 『관부연락선』에서 이 군 또는 이 선생으로 불리는 인물, 『산하』에서 이동식으로 불리는 인물, 한참을 거슬러 올라가서 「쥘부채」 같은 초기 작품에 나오는 대학생 동식이라는 인물도 모두 본질이 동일한 '이 선생'이다.

이 해설자들은 보다 더 직접적으로 작가 자신의 체험과 세계 인식을 반영하고 있다. 작가는 이 해설자에게 시대와 사회를 바라보고 판단하고 평가하는 자기 자신의 시각을 투영했으며, 그런 만큼 그 해설자의 작중 지위는 작가의 전기적 행적과 상당히 일치되는 특성을 나타낸다.

만약에 그 해설자가 불학무식하거나 당대의 한반도 현실에 대해 사상적이며 철학적 사유를 할 수 없는 인물로 그려진다면, 작가는 애초부터 스스로의 심중에 맺혀서 울혈이 되어 있는 이야기들을 풀어낼 수가 없는 것이다. 불학무식한 부역자를 주인공으로 한 조정래의 『불놀이』와 좌파 지식인을 주인공으로 한 같은 작가의 『태백산맥』이 동일한 작가의 작품이면서도 역사와 현실을 읽는 시각의 수준에 현저한 차이를 드러내는 것이 여기에 좋은 보기가 된다.[47]

「소설 · 알렉산드리아」에서 '나'의 존재는 바로 그러한 해설자의 시

---

47) 김종회, 「근대사의 격랑을 읽는 문학의 시각」, 앞의 책, p.217.

초로 자리매김 된다. 형과 사라, 형과 한스, 사라와 한스는 모두 나를 매개로 하여 관계성을 가지며, '나'는 그 관계들의 의미와 그로 인한 사건의 발생 및 결말 전반을 해설해야 하는 책무를 맡고 있다. 그러한 측면에서 '나'는 작가의 눈을 대신하고 있으며, 작가는 '나'를 내세움으로써 소설의 한 가운데로 자신의 인식을 진입시킨다. 그러므로 형의 감옥 체험과 나의 극히 이국적인 사건 체험은 궁극적으로 작가의 그것으로 요약될 수 있다.

3-4. 소설적 운명론, 운명론의 소설화

「소설 · 알렉산드리아」에 등장하는 사라와 한스의 사건에 대한 논란들은, 이 사건이 가진 운명론적 딜레마의 구조에 주목하고 있다. 다음은 '알렉산드리아 데일리 뉴스'의 사설이란 이름으로 기록된 것이다.

이러한 한스의 태도는 유럽의 기사도, 일본의 무사도를 방불케하는, 그러니까 공감할 수는 있으나 실천하기는 어려운 일이다. 자기 희생이 병행되기 때문이다. 이건 도의가 짓밟히고, 사랑이 기교화하고, 편리화하고, 수단화한 오늘날에 있어선 상당히 높게 평가해야 할 모랄이라고 아니할 수 없다.

말하자면 장려할 수도 있는 모랄이다. 이와 동시에 우리는 사람을 죽이거나 폭행을 해서는 안 된다는 모랄도 소중히 해야 할 처지에 있다. 이건 분명히 하나의 딜레마다. 이 딜레마는 만약 이와같은 모랄을 처벌하지 않으면, 복수의 모랄이 유행해서 사회의 질서를 혼란케하지 않을까 하는 우려와, 만약 이 모랄을 처벌하면 보기 드문 인간의 미덕을 벌하는 결과가 되지 않을까 하는 우려의 딜레마로서 현실화한다.[48]

이 기묘한 상황에 당착한 딜레마는, 그 딜레마적 상황 자체로서도 범인류적 공감을 불러일으킬 소지가 약여하다. 이병주 소설에서의 표현을 빌리자면, 이른바 운명론적 상황인 것이다. 이 운명의 사슬에서 문제를 풀어낼 해결책이 소설로써 주어질 수 있다면, 그 해결책은 곧 인류사적 문제 해결에 필적하는 묘안이 될 수 있다. 그것은 또한 그렇게 광대한 모양새로 던져진 작가의 질문과 그에 대한 온당한 답변의 마련이, 어떤 경로로 작동하고 있는가를 보여주는 대목이기도 하다.

법원은 사라와 한스의 문제에 대해 다음과 같이 결정했다.

한스 셀러와 사라 안젤은 이 결정이 있은 후 1개월 이내에 알렉산드리아로부터 퇴거할 것을 조건으로 판결을 보류하고 즉시 석방한다.

알렉산드리아에서 한스 셀러와 사라 안젤이 퇴거하지 않을 때는, 다시 날을 정하여 판결 보류를 해제하고 언도 공판을 연다.[49]

추방이라는 형식을 빈 방면에 뒤이어, 두 사람은 결혼하기로 하고 뉴

---

48) 이병주, 앞의 소설, pp.105~106.
49) 위의 글, p.121.

질랜드 근처의 섬을 하나 사서 이주한다. '나'는 따라가자는 권유를 뿌리치고 남는다. 그것은 '나'의 운명이다. 알렉산드리아에서 형을 기다려야 하기 때문인데, 그것은 형이 그리로 온다는 의미가 아니라 형을 대신하여 이 쓸쓸한 세계를 관찰해야 한다는 의미를 더 강하게 내포한다. 이병주식 운명론자에 있어 과분한 행복은 사치일 수 있다. 그렇게 절제된 관념은, 클레오파트라의 눈동자에 생명의 신비를 쏟아넣은 태양이, 누더기를 입고 안드로메다의 뒷골목에서 꽃 파는 소녀에게도 꼭 같이 시혜된다는 포괄적 판단력을 가능하게 했을 것이다.

주인공들이 가진 진실한 인본주의적 동질성과 더불어, 이들은 각기 자신의 민족을 대표하는 운명도 함께 포괄하고 있다. 한국과 스웨덴과 독일, 모두 전란의 상흔이 가슴 깊이 새겨진, 불행한 과거를 소유한 나라들이다. 이 주인공들은 민족적 비극과 아픔을 공유하면서 그것의 상징적 해결 방안으로 하나의 악한, 그 악한 과거를 죽였다. 민족적 운명의 표식을 이마에 내어건 이들로 하여금, 그 살인 사건과 더불어 운명론적 인식을 수납하도록 재촉하는 결말이다.

4. 이병주 문학의 의미와 반성적 성찰

현실적 삶의 운명론적 구조를 납득할 때, 「소설 · 알렉산드리아」의 화자인 '나'와 '나'의 형은 형이 감옥에 있어야 할 이유를 수긍하는 것으로 된다. 전체적인 이병주의 작품 세계에서 보자면, 이러한 운명론자

의 얼굴은 초기 단편을 거쳐 역사 소재의 소설들에서 현저하게 강화된
다. 이 소설에 나타난 사라와 한스의 고통스러운 삶, 소설 속에서 매우
소상히 제시되는 아우슈비츠의 학살 등은 한일관계의 민족사를 넘어서
형을 수인으로 만든 개별적 운명의 처참한 사정을 환기한다. 개인적 삶
의 구체성에 설득력이 있을 때, 비로소 역사의 횡포는 그 실상이 설명
되는 것이라는 이병주의 문학관이 여기서 잘 드러난다.

> 나는 비로소 이 곳에 내가 있어야 할 이유를 알았다. 불효한 아들이었
> 다. 부실한 형이었다. 부실한 애인이었다. 불성실한 인간이었다. 이 세상
> 에 나지 안했으면 좋았을 사람이 본연적(本然的)으로 지닌 죄. 원죄(原罪)
> 라고 해도 좋다. (중략) 그래서 이제야 나는 나의 죄를 찾았다. 섭리(攝理)
> 란 묘한 작용을 한다. 갑(甲)의 죄에 대해서 을(乙)의 죄명(罪名)을 씌워 처
> 벌하는 교묘한 작용을 하는 것이다.[50]

근대사의 굴곡을 넘어 광풍처럼 밀어 닥친 현실적 삶의 불합리한 상
황 가운데, 사상범으로 감옥에 있는 형은 '비로소' 자신의 죄명을 발견
한다. 그러한 역사의 운명적 작용과 그 그물에 걸린 개인의 참담한 운명
을 이병주는 여러 유형의 역사소설로 썼던 것인데, 특히 역사와 문학의
상관성에 대한 그의 통찰은 남다른 데가 있어 역사의 그물로 포획할 수

---

50) 위의 글, pp.23~24.

없는 삶의 진실을 문학이 표현한다는 확고한 시각을 정립해 놓았다. [51]

그처럼 그 우리 문학사에 보기 드문 작가 이병주가 유명(幽明)을 달리한 지도 25년이 되었다. 그는 강력한 체험적 인식의 작가였으며, 소설적 운명론의 뛰어난 형상력, 그리고 근·현대사 전체를 아우르는 시각의 역사성을 함께 보여준 기록자였다. 후대의 작가들은 이 작가에게서 문학적 세계관의 넓이와 깊이, 그리고 그것을 소설로 치환하는 장쾌한 작품 구조와 호활한 문체를 이어받아야 할 것이다.

더욱이 시대 현실에 대한 소설적 각성도 퇴조하고 삶의 여러 부면을 절실하게 반영하는 리얼리즘적 표현 방식도 쇠퇴하여, 대다수의 소설들이 얄팍한 문장을 앞세운 기교주의와 개별적인 형식 실험에 침윤해 있는 오늘, 이병주와 같은 걸출한 작가, '새로운 한국의 발자크'를 기대하는 것이 무망한 일이 되기 십상인 지점에 한국 문학이 당착해 있다.

불혹이 넘은 나이에 작가로 출발하여, 근·현대사의 여러 굴곡을 체험 위주의 장편소설로 이야기화하고 그 소설적 담화 가운데 운명론의 방향성을 구조화함으로써, 작가 이병주는 한국문학의 독특한 성과를 거양했다. 데뷔작 「소설·알렉산드리아」에서부터 『관부연락선』, 『산하』, 『지리산』, 『그해 오월』 등 값있는 평가를 받는 역사 소재의 장편소

---

51) 매우 오래 전 어느 자리에서, 필자는 그에게 "역사적 기록의 신빙성에 대해 어떻게 생각하느냐"는 선문답류의 질문을 던져본 적이 있었다. 그때 그는 서슴없이 "역사는 믿을 수 없는 것"이라는 답변을 내놓았다. 표면상의 기록으로 나타난 사실과 통계수치로서는, 시대적 삶이 노정한 질곡과 그 가운데 개재해 있는 실제적 체험의 구체성을 제대로 반영할 수 없다는 논리였던 것이다.

설들에 이르기까지, 그의 문학은 한 작가의 절박한 체험이 어떻게 시대정신을 드러내는 작품으로 진화될 수 있는지를 증명했다.

이 글은 작가 이병주의 데뷔작이자, 독특한 이국적 정서와 미학, 그리고 강렬한 체험의 문학화로 널리 알려진 「소설·알렉산드리아」를 고찰하고 분석하는 것을 목표로 서술되었다. 먼저 이병주의 문학이 가진 체험적 요인과 그 소설화의 의의를 점검한 다음, 첫 소설로서의 이 작품이 갖는 방향성 설정과 그것의 의미를 구명했다.

「소설·알렉산드리아」의 분석에 있어서는 이 작품이 한국 문학사상 유례가 드문 새로운 얼개와 담론의 조합으로 구성되어 있다는 전제 아래, 수인(囚人)을 황제로 탈각시킨 화자 '나'와 '나'의 형이 보이는 인식의 방식을, 그리고 작가가 '사라 엔젤'을 비롯한 특별한 성향의 인물들을 특별하게 발화하는 그 인식의 방식을 추론했다.

이어 이병주 소설의 담화 진행에 있어서, 작가의 눈을 대변하는 기록자의 시각과 그것이 확장하고 있는 작품 내부에서의 매개 기능에 대해 검토한 다음, 그의 소설이 소설적 운명론을 추구하는 동시에 그 운명론을 소설화하는 중층 구조에 입각해 있음을 살펴보았다.

이와 같은 사실들에 대한 일련의 고찰을 통해 이병주 소설이 가진 역사성의 문학적 발현과 이를 수용하고 있는 다이나믹하고 극적인 이야기 구조는, 후대의 작가들이 하나의 범례로 학습해야 할 가치를 지니고 있음을 납득할 수 있다. 그런 점에서 이 작가의 데뷔작이자 단편소설 가운데서 대표작으로 치부되는 「소설·알렉산드리아」는, 지속적인 주목과 새로운 분석을 필요로 한다.

이병주의 전체적인 작품 세계 속에서 이 작품은, 그것이 초창기의 것임에도 불구하고 단연 이채를 발하는 문학성을 보여준다. 이 작품에 이어 체험적 사실과 역사 소재의 장편들이 개화(開花)를 이루고, 그것이 한국문학에 실록 대하소설의 새로운 형식을 유발하는 견인차가 되었기 때문이다. 특히 지리산 파르티잔을 다룬 이태의 수기 『남부군』이나 이영식의 수기 『빨치산』, 조정래의 소설 『태백산맥』 등은 이병주의 역사소설 『지리산』을 뒤이은 문학적 성과들이라 할 수 있을 것이다.

운명의 마루에 핀 사랑의 원념

「쥘부채」의 사상

이병주의 「쥘부채」는 이 작가의 전체적인 작품세계를 압축해 놓은 하나의 매뉴얼과도 같다. 1969년 『세대』에 발표되었으니, 늦깎이 작가의 초년병 시절이다. 단편으로서는 약간 길고 중편으로서는 좀 짧은 분량 속에, 그의 소설이 가진 문학적 성격들이 모두 요약되어 있는 형국이다.

체험의 역사성, 이야기의 재미, 박학다식과 박람강기, 지역적 특성 등이 저마다의 빛깔로 웅크리고 잠복해 있는 가운데로, 시대사의 질곡에 침몰할 수밖에 없었던 두 젊은이의 사랑과 그 원념이 화살처럼 꿰뚫고 지나간다. 그리고 이 기막힌 광경을 목도하는 관찰자의 눈이 있다.

관찰자의 이름은 이동식. 많이 귀에 익었다 싶으니, 곧 『산하』에 등장하는 그 해설자이다. 이름만 다를 뿐 이 이동식은 『관부연락선』의 이선생이나 『지리산』의 이규 등과 '동명동인'이기도 하고 '이명동인'이기도 하다. 그의 눈에는 '문·사·철(文·史·哲)'이 함께 비친다. 그는 소설의 이야기를 밀고 나가는 추동력이면서 동시에 등장인물들 사이의 관계와 간극을 조정하는 캐릭터로 기능한다. 이 역할을 통해 소설에 담은 사상을 분석하고 해설하는 역할을 맡았으니, 이를테면 작가의 분신에 해당된다.

이동식이 어느 겨울 서대문 교도소 부근 눈길에서 부채 하나를 줍는다. 쥘부채. 길이 7센티미터, 두께 2센티미터가 조금 넘는, 손아귀에 꼭 들어오는 크기이다. 그 솜씨의 섬세함과 정교함이 '음습한 요기마저 감도는 느낌'이다. 이 용의주도한 관찰자가 그냥 넘어갈 리 없다.

그런데 이 작은 부채 하나로부터 역사의 산마루를 넘다가 추락한 운명적 사랑의 잔해를 발굴해내는 작가의 기량은, 요즘처럼 경박한 문학 풍토에 비추어 보자면 거의 신기에 가깝다. 거기 타고난 이야기꾼으로서 작가 이병주의 면모가 빛나는 대목이기도 하다. 모든 문제의 해답이 문제 내부에 있듯, 쥘부채의 해답 또한 부채 안에 있었다.

남자를 상징하는 나비를 크게 비긴 것을 보면 부채를 만든 사람은 틀림없이 여자다. 그리고 나비의 날개에 남겨진 ㄱ, ㄷ, ㄱ은 남자의 이름일 게고 나리꽃의 술에 달린 ㅅ, ㅁ, ㅅ은 여자의 이름이다.

나비와 꽃. 이것을 해명하긴 어렵지 않다. '당신은 죽어서 나비가 되고, 나는 죽어서 꽃이 되리라'고 이 나라에 전해 내려온 상문상사(相聞相思)의 노래에 불행한 애인이 불행한 애인에게 대한 애절한 사랑을 담아본 것일

게다. 그러니까 상사의 부채다.[52]

신실한 해설자요 기록자인 이동식은 한 형무관을 좇아 기어이 'ㅅ, ㅁ, ㅅ'의 존재를 확인한다. 그날 새벽 여사(女舍)에서 병사한 시체 하나가 가족에게 인도 되었는데, 그 이름이 신명숙이다. 인수자와 주소가 적힌 쪽지, 그리고 1950년대에 비상조치법 위반으로 수감되어 17년을 산 사연도 전해 받는다. 이 어려운 숙제의 화두가 풀리자 그 다음은 한결 쉽다. 물론 그 끝에 소설의 결말이 있다.

M동 산 13번지를 찾아간 그날, 그 집에선 만만찮은 소동이 벌어져 있다. 병사자의 이모네가 영혼 결혼의 성례식을 시키려 하는데, 어떤 '거의 마흔 가까이 돼 뵈는 사람'이 나타나 성례를 하려면 자기 형님하고 해야 한다고 가로막고 나선 것이다. 이동식은 형의 이름을 물었다. 강덕기, 'ㄱ, ㄷ, ㄱ'이었다. 그렇다면 이 방정식은 우리 해설자의 증언을 통해 파탈 없이 순조롭게 풀릴 수 있다. 참으로 기막힌 한편의 드라마, 아니 소설적 구조가 아닐 수 없다.

'부채가 할 일과 내가 할 일은 끝났다.'
그날 새벽, 부채가 거기에 떨어져 있지 않았더라도, 그것을 자기가 줍지 않았더라도 영혼끼리의 결혼이나마 어색스럽게 되었을 것이라고 생각하

---

52) 이병주, 『낄부채』 바이북스, 2009, p57.

니 사람의 집념은 기필코 기적을 낳을 수 있을 것이란 확신을 얻었다. 동
식에겐 이 확신이 소중한 것인지 몰랐다.[53]

당연히 그에게 그 확신은 소중하다. 그것이 결혼하여 미국으로 떠나
버린 애인 '성녀' 문제나, '누항에 묻혀 사는 은사' 유 선생과의 불란서
희곡 읽는 모임의 토론 등 자신의 삶에 적용되어 일정한 답안을 산출할
것이기 때문이다. 그러나 그것은 소설로 말하자면, 여기에서의 중심 줄
기와는 또 다른 이야기가 된다.

이제껏 살펴본 스토리의 흐름은, 그야말론 이 소설의 뼈대만을 간추
린 것이다. 한 편의 소설은, 더욱이 이병주의 소설은 그렇게 간략하게
정돈되기 어려운 많은 사유와 소재와 이야기의 굴곡을 거느리고 있다.
한 인간이 가진 집념과 그것을 성취시키는 섭리, 또는 우리의 생활 주
변에 편만한 신비의 가능성 등속을 줄거리만을 위주로 배치한다고 해
서 소설이 되는 것은 아닌 까닭에서이다.

무엇보다도 먼저 이 작가는, 이 소설을 한국 근대사의 질곡에 잇대
어 놓았다. 신명숙이 수감되던 1950년은 6 · 25동란이 발발한 해이고
그 죄명이 비상조치법 위반이었으며, 그 가슴에 품고 간 강덕기가 사
형을 당하였다면, 이는 두말할 나위도 없이 민족분단과 비극의 결정체
를 말한다. 소설을 쓰기 위해서라고 형무관에게 접근했던 이동식이 연

---

53) 이병주, 위의 글, P102

행되어 배후를 밝히라는 취조를 받은 것도, 아직도 남아있는 그것의 잔재이다. 역사적 비극과 개인의 고통이 명료하게 마주친 사례가 여기에 있는 셈이다.

"강덕기가 신명숙을 꾀어서 산으로 들로 돌아다니다가 저는 붙들려 죽고 신명숙에게 무기징역을 받게 했다"는, 노파가 된 이모의 증언, 그 산하가 지리산일 것은 그곳 출신 '최'의 등장으로 거의 확실해 보인다. 대표적인 작품 『지리산』의 무대, 한국형 좌익 파르티잔의 집결지, 작가의 고향인 지리산이 얼핏 얼굴을 비치는 것이 결코 심상한 일이 아니라는 뜻이다.

이들에 비해 "내가 살아온 세상! 이건 장난이 아닌가!"라는 이동식의 회한은, 오늘의 우리가, 우리 작가들이 귀담아들어야 할 전언이다. 작가는 스스로, '소설? 어림도 없는 이야기다'라고 적었다. 꾸며낸 이야기가 도저히 감당할 수 없는 현실의 박진감을 체득한 작가가 실록소설의 길로 나아간 것은, 어쩌면 이미 예정된 일일지도 모른다.

재야의 인물 유 선생의 입을 빈, 조선 공산당에 대한 신랄한 비판은, 따로 주목할 만한 값이 있다. 우리 문학에서 드물게 정치적으로 토론이 가능한 이 작가의 세계가 흥왕하게 전개되기 이전에, 우리는 여기서 그 논의의 시발을 목격할 수 있다. 미상불 그 유 선생의 희곡 읽기 모임은, 당대 젊은 세대들의 입을 열어둔 열린 개념의 토론장이다. 정치를 하려면 두 가지 길과 양면이 있다는 유 선생의 변론이나 민주주의 개헌 대통령에 대한 학생들의 토론 등은 괄목할 만한 주의주장과 반론의 모양새를 갖췄다.

그런가 하면 설악산 조난사고를 두고 있을 수 있는 여러 방향에서의 관찰이, 마치 네카의 입방체를 보듯이 자유롭게 이루어진다. 이를 자기 의식 속에 수렴하고 합당한 의미를 부여하는 것은 이동식의 몫이다. 그를 통해 '사자(死者)'는 영원히 젊다'는 사상(?)이 사상이 될 수 있을까?

수천 년 동안 젊음을 냉동할 수 있는 얼음 자국이 쌓인 눈, 설악! 그들은 죽음으로써 영원한 젊음을 설악에서 얻었다. 다가선 죽음을 그들은 어떻게 맞이했을까. 프로메테우스처럼 비장한 얼굴이었을까, 헤라클레스처럼 단호한 표정이었을까. 아마 고통은 없었을 게다. 냉정하고 슬기로운 정신을 담은 채 그대로 동상마냥 빙화했을 것이니 말이다. 축축이 젖어오는 습기와 더불어 육체가 얼어가면 의식은 잠들 듯 조용해지고 완전히 얼어버린 순간 가냘픈 생명은 촛불처럼 꺼지고, 눈은 쉴 새 없이 내리고 쌓여 순백의 무덤을 만든다. 이집트 황제의 무덤보다 거대하고 페르시아의 궁전보다 찬란한 무덤. 설악산은 이제 막 젊은 영웅들의 죽음을 안고도 움직이지 않고 슬퍼하지 않는다.[54]

이 '찬란한' 죽음의 사상은, 그것이 레토릭으로 표현될 때 공명을 불러일으키지만, 현실에서는 문면 그대로일 리 없다. 설악산의 눈은 히말라야의 만년설과는 다르다. 실제로 소설의 후반부에서도 그것을 보여

---

54) 이병주, 위의 글, p12.

준다. 그러나 소설은 그 현실보다 앞선 상상력, 또는 이병주식 사상의 자양분을 저력으로 하는 유별난 유기체이다. 소설이 체험의 인간학이요 인간의 삶을 여러 대칭적 구도를 통해 드러내는 복합적 의식의 소산임을 그의 소설이 증거한다.

소설의 말미에서 이동식은, "강덕기가 처형을 당하고 신명숙이 17년의 청춘을 묻은 서대문 교도소가 장난감처럼 눈 아래 보이는" 산에 올라 쥘부채를 태운다. 신명숙의 염원이 자줏빛 연기가 되어 대기에 섞이면, 그 집념이 우주에 미만(彌滿)하게 되고 마침내 생명전생(生命轉生)의 기적을 나타내리라는 상념과 더불어서이다. 이처럼 현실과 상상의 아득한 거리를 한달음에 뛰어넘는 소설적 발화법은, 곧 그의 문학이 사상 또는 철학적 적용의 다양한 모티브들과 행복하게 악수하고 있음을 말해준다.

영웅시대 후일담의 돌올한 존재양식

「그 테러리스트를 위한 만사」

1983년 『한국문학』에 발표된 이병주의 중편 「그 테러리스트를 위한 만사」는, 1965년 데뷔작 「소설 · 알렉산드리아」 이후 20년 가까이 지속되어온 그의 문학 세계 패턴을 여러모로 함축하고 있다. 이미 독자들에게 익숙한 인물과 사건의 유형, 그리고 이야기의 구조를 반복적으로 드러내는 동시에, 여전히 돌올한 서사적 장치에 실은 소설적 재미와 교훈을 함께 공여하는 작품이다.

이 소설에는 동정람과 하경산이라는 매우 독특하고 기이한 두 사람의 노인이 등장한다. 일제강점기의 항일 경력을 가졌고 구소련과 중국 대륙을 풍찬노숙으로 횡행한 이력의 소유자이며, 그와 같은 영웅시대의 역사적 행적과 거대 담론의 그림자를 안고 지금은 공덕동 서민촌에서 청빈하고 고고한 기품으로 살아가는, 동시대로서는 품절의 인물들이다. 이 두 사람을 관찰하고 그 외형과 내면을 서술하는 '나'는, 이병주 소설 곳곳에서 기록자로 출현하는 '이 군'이나 '이 선생'의 또 다른 모습이다. '나'는 경산을 거쳐 표제의 호명 '그 테러리스트'의 주인인 정람에게로 접근한다.

경산이 일상적 삶의 범주를 지키며 일탈의 사유체계를 끌어안는 상
식적 인물이라면, 정람은 일탈의 방식 속에서 인생의 근본주의를 추구
하는 탈상식적 인물이다. 경산이 정론적인 시선을 가진 투사의 면모를
가진 반면, 정람은 전위적인 사고를 실천하는 테러리스트로서의 전력
을 지녔다. 그러한 점에서 두 인물은 서로 닮기도 하고 또 다르기도 하
다. 분명한 것은, 오늘날과 같이 의식의 분절과 파쇄가 선험적으로 주
어진 시대는 이와 같은 성향의 문제적 인물들을 더 이상 생산할 수 없
다는 사실이다.

또한 이 소설에는 이병주 소설에서 수시로 그려지는, 가장 순종적이
면서도 가장 주체적인 여성 인물들도 그 익숙한 얼굴을 내밀고 있다. 피
리 불기에 달통한 정람의 음악적 천재에 이끌려온 임영숙, 소설 중반 이
후에 역할을 가진 목로주점의 진주댁이 그들이다. 임영숙은 정람의 임
종에 이르기까지 결국 자신의 전 생애를 던졌고, 진주댁은 정람에게로
향하는 아들의 칼을 가로막고 스스로의 목숨을 버렸다.

거기에 과거사의 굴곡 속에서 형언할 수 없을 만큼의 악역을 감행한,
극도로 부정적인 인물도 따라다닌다. 일본 관동군의 악명 높은 밀정이
었던 임두생의 존재가 바로 그렇다. 20세기 중반의 일본 유학생이자 학
도병 출신인 작가가, 한일 관계사와 그것의 청산에 깊은 관심을 가졌던
연유로, 임두생과 같은 악한의 캐릭터는 그의 소설 여러 자리에 일정한
기능이 있다. 물론 임두생의 반성과 변화는 이 관행과 별개의 문제이다.

시대의 변환에 따라 급격히 구습의 유물처럼 변해버린 역사성의 인

물, 어쩌면 로맨틱 코미디가 될 것도 같은 사랑 이야기를 소설 문맥 속에서 천연히 발양하는 여성 인물, 천인공노할 패륜의 민족 반역자인 악역의 인물, 이들을 균형감각을 갖고 바라보는 발화자요 기록자로서의 작중 소설가, 그리고 이들을 무리 없이 부양하는 각양의 배경인물들이 이 작품으로 하여금 오락과 교의를 두루 갖춘 장점을 끌어안게 한다.

표제를 이룬 용어 '테러'가 지시하는 바와 같이, 이 소설은 테러에 대한 정람의 생각, 노 테러리스트가 가진 신념의 성격을 매우 공들여 서술하고 있다. 작가의 표현에 의하면, 올곧은 테러는 살생(殺生)이 아니라 살사(撒死), 곧 이미 정신이 죽은 자를 죽임으로써 명분의 대의를 세우는 일이 된다. '사랑'이야말로 테러를 추동하는 힘이라는, 일견 궤변처럼 들리는 논리가 소설 속에서 설득력을 얻는 것은 매우 아이러니컬하기도 하다.

이 소설의 테러관(觀)에는 궁극적으로 인간애와 인본주의가 잠복해 있는 셈이다. 그러기에 환경조건과 관계없이 올바른 세계관으로 임두생을 죽이려는 정람의 결의가 고결해 보이고, 동시에 아내를 능욕하고 죽게 만든 원수 임두생을 비호하는 경산의 행위도 고결해진다. 그런데 이 모든 일들은, 이윽고 격랑의 역사가 스쳐간 그 뒤안길의 후일담일 뿐이다. 만약 정람과 경산의 사건이 활화산 같은 분출 현장의 일이라면, 이처럼 한가한 논쟁은 의식의 사치에 불과할 뿐이다. 바로 여기에 값이 있다. 후일담의 존재양식으로 과거의 역사를 평가할 때, 비로소 온전하게 정돈된 시각으로 '인간'을 되살릴 수 있을 것이기 때문이다.

소설 속의 정람은 피리의 곡조, 음악적 감각의 천재성을 유감없이 발휘한다. 뿐만 아니라 그 정제되고 민첩한 언동 또한 천재성에 부합하도록 그려진 인물이다. 그의 천재가 없이는 임영숙을 끌어들일 구조가 성립되기 어렵고, 진주댁과의 로맨스도 개연성을 확보하기 어렵다. 이 유난한 인물의 천재는, 그러나 이야기 속에 아주 자연스럽게 녹아 있어 정람이나 경산이 꼭 실존 인물일 것만 같은 독후감을 촉발한다. 마치 『관부연락선』의 유태림이 어느 모로나 실존자로 보이는 것과도 같다.

이 소설에서도 『관부연락선』에서와 같이 짧은 표면적 시간대 뒤로 근대사의 흐름을 방불하는 장구한 시간적 공간적 부피가 내포적으로 매설되어 있다. 작가가 정람을 소설의 표면으로 밀어 올리는 방식도 순차적이고 점층적인 수순을 밟아간다. 정람과 러시아 혁명의 주인공 레닌, 정람과 폴란드 태생의 소녀 에스토라야 이야기도 그 점층법의 단계에 걸쳐져 있다. 이러한 장쾌하고 드라마틱한 이야기 구성, 거기에다 호활하고 유려한 문장은 한국문학에서 이병주 소설이 아니면 목도하기 힘든 형국이다.

그런가 하면 동서고금을 누비는 박람강기와 박학다식이 놀라운 수준이다. 레닌과 스탈린을 비교 분석하는 것은 그렇다 하더라도, 곰이나 호랑이와 같은 동물에 이르러서 현란하게 펼쳐놓은 백과사전적 지식들은, 그 자신의 말대로 어쩌면 작가로서의 '재능의 낭비'인지도 모른다. 만약 그가 보다 규준을 따른 소설 학습의 일정을 거치고, 최대 다산(多産) 작가로서의 창작 관행을 밀도 있게 관리할 수 있었더라면, 우리는 그야말로 그가 일찍이 목표로 했던 '한국의 발자크'를 더욱 실감 있게 목격할 수 있었을 것이다.

낭비의 혐의를 유발할 수 있는 그 모든 지리잡박(支離雜駁)을 포함하여, 그리고 근대사의 중심을 관류하는 오연한 서술자의 기개를 더하여, 그는 만사(輓詞)의 형식으로 이 소설을 썼다. 극적인 사건 이후 주인공의 잠적과 오랜 세월 후 돌연히 그의 부고를 발출하는 방식은, 이 소설의 동정람 경우와 다른 단편 「빈영출」의 중심인물 빈영출 경우가 닮은 꼴이다. 그는 지사(志士)와 범부(凡夫) 모두에게 만사를 바칠 수 있는, 가슴 속의 칭량(秤量)이 큰 작가였다.

세속적 몰락의 두 경우와 해학

「박사상회」와「빈영출」

이야기의 풍미와 문장의 여려(麗麗)가 빼어난 두 단편 「박사상회」와 「빈영출」은, 이병주의 작품세계를 넘어 우리 문학사에서도 괄목할 만한 성과작이다. 소설이 재미있어야 한다는 것은 동서고금을 막론하고 하나의 불문율에 속하는 사실이지만, 그 오락성이 위주가 되면 고급한 문학적 수준을 담보하기 어렵다는 데 문제가 있다. 그런데 세속 저잣거리의 맛깔나는 이야기를 통해 흥성한 재미와 통렬한 세태 풍자, 수준 있는 해학과 진중한 교훈성을 함께 걷어 들인 것이 이 두 소설이다.

주지하다시피 이병주는 문·사·철(文·史·哲)에 두루 소통되는 작가이며, 그의 작품을 통해 여러 방향으로의 토론과 가치관 논쟁이 가능한 면모를 보인다. 이 소설들은 궁극적으로 세상살이를 요령과 수단으로 일관한 끝에 몰락의 길을 걷게 되는 두 인물을 내세웠지만, 그에 대한 평가의 시각이 이분법적 흑백논리에 의거할 수 없도록 하는 힘과 생각의 깊이를 가졌다.

실상에 있어 준열히 타매해야 할 이들 패배자에 대해 단선적 미움을 넘어서 각기의 정황에 대한 이해, 그리고 그 특출함에 대한 공감 등이 함께 유발된다. 뿐만 아니라 여기에서는 과거의 역사 공간에서 이병주의 역사 소재 소설들을 만나는 경우와 다르게 당대 사회의 가치관 변화도 동행하고 있다. 이를테면 흥부와 놀부, 백설공주와 계모 왕비를 새롭게 가치 규정하는 탈근대적 세태의 면모가 함께 결부될 수 있다는 말이다.

그러나 이 모든 곡절 가운데서도 인간에 대한 존중, 인간의 위신에 대한 믿음은 예나 이제나 촌보의 변동도 없다. 그러한 까닭으로 「박사상회」에서는 조진개의 몰락과 천금순의 명물화를 병치하고, 「빈영출」에서는 실제적 해설자인 성유정의 감회에 깊이를 더한다. 역사에서 세속으로 시간적 공간적 이동을 감행했으되, 오래 묵은 그 근본을 그대로 안고 왔다. 소설의 배경으로 지리산을 매설하는 것도 매한가지이다. 「박사상회」의 천금순은 지리산 출신이고, 「빈영출」의 이야기 무대는 바로 그 지리산 자락이다.

「박사상회」는 1983년, 「빈영출」은 1982년 모두 『현대문학』에 발표되었다. 신군부 군사정권의 서슬이 시퍼렇던 때이다. 그러기에 이 작품들 속의 풍자와 해학은 한층 빛나는 대목이 된다. 일종의 우화이되 우화만으로 그치지 않게 하는, 우리 삶의 존재 방식에 대한 예리한 질문이 소설의 행간 속에 숨어 있다.

소설을 쓰기 시작한 지 20년 가까운 세월에 원숙한 작가의 기량과 유장 유려한 문장이 넘치는 모양은, 마치 황순원이 그 단편 창작 역량이 최고조에 달했을 때 「소나기」나 「학」과 같은 명단편을 썼던 것을 유추하게 한다. 김유정의 해학적 인물 묘사, 채만식의 역설적 의미 생성에 비추어서도 문학사적 친족관계를 발견할 수 있다.

「박사상회」의 조진개를 묘사하는 대목이 김유정의 「봄봄」이나 「동백꽃」의 인물 묘사와 방불하다는 사실은, 당초 이 부문의 전문성으로 출발하지 않았던 작가의 시각이 한결 폭넓고 부드럽게 세상사의 풍광에까지 미쳤다는 반증이다. '불로동'이란 곳이 소설의 무대이며, 이곳은 15년 전에 서울시에 편입된 변두리 빈민가이다. 여기에 어느 가을 석양을 등지고 조진개라는 자가 나타난다.

> 조진개가 불로동에 나타난 것은 잡화점 지붕의 풀이 가을 바람에 스쳐 노인의 헝클어진 백두(白頭)처럼 되어 있을 무렵이다.
>
> 그는 석양을 등에 지고 불로동에선 유일한 복덕방인 하 노인의 가게에 들어섰다. 키는 겨우 150센티미터가 될까 말까 한 땅딸보, 얼굴빛은 해를 등진 탓도 있었겠지만 아프리카인만큼이나 검었고, 눈은 족제비를 닮아 가느다랗고 길게 째어져 있었다. 국방색 점퍼에 검은 바지, 등산모 같은 것을 쓰고 있었는데 최소한도의 재료로써 못난 사내를 만들어보았다는 표본 같은 인상이었다. 나이는 30세에 두세 살 모자랐을까 말까.[55]

---

55) 이병주, 『박사상회, 빈영출』, 바이북스, 2005. pp. 10~11.

이 우스꽝스런 사내는, 그러나 김유정의 순박한 시골 사내들처럼 무골호인도 아니고 무력하게 세월을 보내지도 않는다. 그는 매우 치밀하게 불로동의 중심인물로 성장해간다. 노인들을 설득하고 자리를 얻어 구둣방을 시작하는가 했더니, 어느 결에 '박사상회'란 명호를 내걸고 빈민촌의 구매심리를 일깨우는 상술을 발휘하기 시작한다. 마침내 구둣방 자리에 5층 건물의 '박사빌딩'을 세우고 대학을 나온 미모의 여자와 결혼한 조진개는 세속적 성공의 극점에 도달한다.

그 과정에서 집주인이던 안 노인 부부의 재산을 물려받은 의혹을 비롯하여 석연찮은 일이 많으나, 그의 성공은 기막힌 아이디어와 실천 전략에 의거해 있다. 조진개의 기상천외한 성공담을 매우 객관적인 어조로 나열하고 있는 작가는, 그런 점에서 광고회사의 대표나 상사의 영업부장들을 동원하더라도 어려워 보이는 수준으로, 판매와 구매 사이의 심리적 거리를 재고 있는 전문가이다. 그 능란한 손끝에서 탄생한 조진개가 계속해서 불량한 영화를 누리고 있기는 힘들다. 참으로 교훈적이게도, 조진개의 몰락은 물질적 풍부에 버금가지 못하는 인간성의 결격으로부터 말미암는다.

천박한 욕망의 끝에 불성실한 아내와 더불어 불효한 아들이 되더니, 거리의 여론이 악화일로일 무렵 조진개는 월세 준 다방의 마담 천금순과 충돌한다. 저 지리산 밑에서 상경한 여걸풍의 경상도 여자다. 이 사건이 조진개를 장송(葬送)하는 서곡이 되는 터인데, 그 배경에는 천금순의 억센 저항만이 아니라 동민들의 마음이 모인 응원이 결부되어 있다. 박사상회는 그 주인과 더불어 패망과 몰락의 길을 걷는다. 이 과정은 세상에 흔한 염량세태의 현현이 아니며, 인간이 지켜야 할 최소한의 도리와 체면이 무엇인가를 호쾌하게 보여주는 형국이다.

시종일관 이 사태를 관찰하고 있는 '나'는 사건에 개입하지 않고 방관하는 화자(話者)이지만, 관찰자를 내세우는 작가의 이야기 구성 관행을 닮고 있을 뿐 그 역할에 있어서는 별반 강세가 없다. 이처럼 무색무취한 해설자를 굳이 내세울 필요가 없어 보이는 채로, 그는 소설의 결말에 이르기까지 주어진 소임을 다하기 위해 애쓴다. 그 결말은 사뭇 교훈적이며 여전히 부드럽고 깊이 있는 웃음의 표정을 벗지 않는다. 불로동이나 조진개라는 이름, 땅딸보의 표현을 미화한 면장(免長), 몰락한 박사회관의 개칭 박살회관 등 도처에 숨어 있던 일탈의 표현들이, 수미상관한 해학성의 꿰미에 걸려 있음을 보게 된다.

조진개의 영악한 위선이 세태의 표면에 떠오른 장면을 두고, 작가는 "봄이 왔는데도 제비가 불로동에 돌아오질 않았다"라는 문장으로 상징화한다. 일찍이 흉노족을 회유하기 위한 인질이 되어 변방으로 끌려갔던 중국의 미인 왕소군이, "호나라 땅에는 화초가 없으니 봄이 와도 봄같지 않다(胡地無花草 春來不似春)"라는 명편의 구절을 남긴 바 있거니와, 이 작가가 생각하는 불로동의 봄은 조진개의 성공 따위와는 당초 거리가 멀다. 인간다운 인간들이 모여 사는 동네, 그곳에만 봄도 제비도 돌아올 것이라는 소망이 이 소설의 문면 아래에 숨어있는 것이다.

「빈영출」의 소설적 이야기는 설화에서 소설까지의 서사 장르 변화를 함께 담고 있는 듯하며, 그 속에 천일야화(千一夜話)를 닮은 몇 개의 기발한 삽화가 잠복해 있기도 하다. 그러면서도 이병주 소설의 여러 절목을 두루 펼쳐놓는다. 지리산이 남쪽으로 뻗은 자리의 고향, 독립운동가였던 숙부, 학도병 출신의 관찰자 등이 그러하고 '조금 색다른' 방식이긴 하나 친일문제를 천착하는 것 또한 그러하다.

이 소설은 3인칭 관찰자 시점으로 일관하면서 작가의 다른 여러 소설들에서 이미 우리에게 낯익은 성유정이란 인물을 등장시킨다. 성유정의 성정(性情)도 다른 곳에서와 매한가지로 사려 깊고 사색적이며 주변의 신뢰를 한 몸에 걸어 들인 그대로이다. 그와 빈영출이란 '특출한 인물'과의 '기묘하다고도 할 수 있는 교의(交誼)'를 바탕으로 소설은 출발한다. 올 장가를 들었고 8세나 더 먹은 나이로 성유정과 함께 학교를 다녔으며, 일제 시절 경찰주재소 앞에서 행정대서소를 했고 해방 후에는 민선 면장을 지낸 인물이 빈영출이다.

일인 교장이 교과를 맡아 어린아이의 교실에서 강압적으로 '학교의 질서' 운운하던 때, 풀뿌리 민주주의의 시험기에 면장과 면의회의 줄다리기가 가능하던 때가 소설의 배경이니, 이 박람강기하고 이야기의 재미에 익숙한 작가가 허술하게 넘어갈 리 없다. 더욱이 빈영출의 색다른 방식의 친일이 주재소의 일본인 순사부장 마누라를 차례로 관계하는 것이고 보면, 그 기상천외한 엽색 행각이 소설을 관통하는 하나의 줄기가 되고 있다. 미상불 빈영출은, 면장이 되고서도 못 고친 그 버릇과 면재산 축낸 것으로 불신임 결의를 당하고 파산한다.

그러나 그런대로 식사는 시작되었는데 빈 면장이 숟갈을 밥그릇에 꽂아

넣는 다음 순간, 날계란의 노른자가 밥 표면에 떠올랐다.

　아차 싶었다.

　면 의원들은 각기 자기 숟갈로 밥을 뒤집었다. 날계란이 담긴 밥그릇은 면장 밥그릇뿐이었다.

　"기분 나빠 이런 점심 못 먹겠다"며 김한태 의원이 숟가락을 집어던지고 휑 나가 버렸다. 그러자 한 사람 두 사람 숟갈을 놓고 나갔다. 의장도 나갔다. 남은 사람은 빈영출과 이상태 의원과 성유정 셋이었다.[56]

　성유정이 빈영출의 요청으로 고향으로 돌아와, 천신만고 끝에 양해를 구하고 사화(私和)의 의식으로 점심을 함께 먹는 시간이었다. "장마당에 가게 차려놓은 여자치고 그놈과 붙지 않은 년은 한 년도 없을 끼요"라는 비난이 무색하게 날계란 사단이 벌어졌다. 계란 하나로 사태의 반전을 불러오는 기막힌 장면이 바로 이 인용문이다. 점심이 파장이 된 것이 공교롭게도 원래 면의회가 소집되어 있던 오후 1시였다. 그로써 소식이 두절된 빈영출이 유명(幽明)을 달리한 부고(訃告)의 주인공이 되어, '고색이 창연한 형식에 고향의 먼지 내음 같은 것'을 대동하고 성유정의 면전에 나타난 터이다.

　이 소설은 전지적 작가의 시선이 닿아 있는 성유정의 생각과 작가 관찰자의 주목을 받고 있는 빈영출의 행동을 교차하면서 진행된다. 빈영

---

56) 이병주, 『박사상회, 빈영출』, 바이북스, pp.80~81

출의 죄목은 어떤 도덕률에 비추어도 용서받기 어려운 정황에 있지만, 일제 때에는 그 대상이 일인녀(日人女)라는 사실로, 해방 후에는 일제 때의 면민 보호라는 후광으로 용서를 받아왔다. 그런데 그 한계점에 성유정이 등장하고 화해와 불신임의 기로가 아주 사소한, 이를테면 날계란 하나로 전복되는 극적인 이야기 구성을 유발하는 것이다.

죄와 우의의 경계를 과거 천렵 시절의 '빈 총무'란 말 한마디로 뛰어넘는 방식, '지구에 손님으로 와 산다'는 희성(稀姓) 빈씨 성에 대한 해석 등은 모두 이 작가의 소설적 기질과 배포를 짐작하게 하는 부분이다. 빈영출과 성유정의 이 어둡지만 쾌활하고 아픈 가운데 웃음이 번지는 이야기는, 앞서 조진개와 천금순의 이야기와 마찬가지로 한국 현대문학에 보기 드문 골계와 해학의 소설 미학을 구현했다.

그런데 단편으로 끝난 이들의 다음 이야기가 편을 달리하여 계속되거나 장편으로 확대되었더라면, 또 다른 진진한 이야기의 전개를 만날 수 있었을 것이라는 미련이 남는다. 이병주의 다른 소설들에서 어렵지 않게 목도할 수 있었던, 그 장강대하 같은 이야기들과 어깨를 겨루고 말이다. 이 작가의 그 가능성이 보다 일찍 사라진 아쉬움은, 곧 한국 소설 일반에 걸치는 아쉬움이기도 하다.

2제장

내가 만난 이병주

이병주를 위한 몇 가지 변명

그 특장과 단처에 관한 균형감각의 문제

1. 교훈이요 경계로서의 문학

역사와 시대를 판독하는 탁월한 안목과 더불어, 그것을 현란한 문장과 장대한 스케일로, 또 박진감 있는 이야기의 재미로 풀어낸 작가가 있다. 더욱이 역사 소재의 빼어난 작품으로 우리 문학에 하나의 에포크를 그었으며, 그처럼 좋은 작품으로만 일관한 것은 아니로되 이 모양 저 모양으로 제작한 그 생산량이 수십 편에 이르는 작가가 있다.

우리는 그를 어떻게 생각하고 어떻게 대접해야 할까? 우리 문학사에서는 그를 어떤 수준으로 자리매김해야 할 것이며, 의식있는 독자들은 그를 어떤 부류의 작가로 간주해야 할 것인가? 무엇보다도 한 세기 전에 이 작가를 이 땅에 내보낸 향리에서 그를 추모하며 자리를 함께한 우리는 그를 어떤 생각으로 응대해야 마땅할 것인가?

물론 지금 우리는, 하동이 낳은 걸출한 작가 고 나림 이병주 선생에 대해 말하고 있다. 이 글은, 그와같이 탁월한 바탕과 성과를 끌어안고 있으면서도 당대의 존경할 만한 작가로 마음껏 추앙받지 못한 선생을 위해, 그리고 익히 알려진 바 비길 데 없이 유려한 변설을 두고서도 이제는 한 마디 답변도 내놓을 수 없는 형편에 처한 선생을 위해, 선생과 선생의 문학을 깊이있게 이해하려는 노력과 함께 몇 가지 변명을 공여하기 위해 씌어진다.

동시대에 선생만한 작가를 찾아보기 힘들었고, 문학사적 친족관계에 있어서도 선생같은 성향의 작가를 발견하기 어려웠음을 흔쾌히 인정하면서도, 왜 한국의 문학 연구자와 평론가들은 선생의 작품에 대한 평가에 있어서 일종의 브레이크를 거는 일을 마다하지 않았을까? 여기에 그러한 평가의 경향과 그 문면을 모두 옮겨다 놓을 수는 없으되, 그것은 그 연구자들이 편협하고 이해력이 부족해서였을까?

꼭 그렇게만 말할 수는 없다. 그 연구자들 또한 그러한 평가를 도모하는 일을 일생의 사업으로 선택한 사람들이고, 그동안 부지기수로 그러한 일을 수행해 왔으며, 그것이 결국 한 시대의 문학사를 기술하는 사료로 축적되어 가고 있다. 그렇다면 문제가 무엇일까? 선생의 작품에 대해 이분법적 원색사고를 버리고 한발 물러서 생각해보면 해답이 간단하다. 선생의 문학에는 상찬해야 마땅한, 그리고 비판하지 않을 수 없는 공과가 함께 있다는 말이다.

선생을 사랑하는 후인이요 후배요 후학으로서, 우리가 선생의 문학에 접근하는 통로로 마땅히 선택해야 할 것은 그 공과를 함께 바라보고 균형성 있는 평가를 내리는 태도일시 분명하다. 그러해야만 공감과 동조를 유발할 수 있을 터이며, 그것은 또한 선생의 문학이 후대를 위

한 하나의 교훈인 동시에 경계가 되도록 하는 효율적인 평가의 방식이
될 터이다.

2. '한국의 발자크'와 그 가능성

선생은 1921년 경남 하동에서 태어나 일본 메이지대학 문예과에서
수학했으며, 진주 농과대학과 해인대학 교수를 역임하고 부산 〈국제신
보〉 주필 겸 편집국장을 지냈다. 40대에 작가로 입문하여 1992년에 유
명을 달리하기까지 『지리산』, 『산하』, 『관부연락선』 등 많은 작품을 남
겼다. 세간에 알려진 바 학병이나 수감의 쓰라린 체험, 심지어 빨치산
부역에 관한 추측이 유발될 만큼 격심한 인생유전의 체험에 이르기까
지, 선생은 엄청난 근대사의 파고를 두 발로 직접 밟고 지나온 산 증인
이었다.

중요한 사실은 선생이 그처럼 드라마틱하고 소설적인 이력의 주인
이었다는 데 있는 것이 아니라, 선생이 그 유례없는 체험을 뛰어난 필치
의 소설로 기술했다는 데 있다. 선생의 역사 소재 소설은, 그런 점에서
근대적 삶의 진실이요 그 실체에 해당한다. 사정이 그러한데 황차 어떻
게 이런 작품을 소홀히 보고 넘어갈 수 있단 말인가?

일찍이 선생은 어린 날 자신의 책상 앞에 "나폴레옹 앞엔 알프스가
있고, 내 앞엔 발자크가 있다"라고 써붙여 두었다고 술회한 바 있다. 그
러기에 선생에게 '한국의 발자크'란 명호를 부여하기도 한다. 그런 만

큼 선생의 작품에는 극적인 체험을 이야기로 풀어내는 능력, 곧 감각적으로 예민하면서도 의미에 있어 웅혼하고 또 물 흐르듯 자연스러운 문장, 동서고금을 넘나드는 해박한 식견과 그에 걸맞는 방대한 규모, 그리고 처음의 호기심을 끝까지 높은 톤으로 끌어가는 이야기의 재미 등속이 줄지어 있다.

선생의 문학적 관점은 '신화문학론'으로 요약될 수 있는 것이며, 소설이 시대적 삶의 진실을 가장 극명하게 부각시킬 수 있는 문학 장르임을 확신하고 있었던 것으로 보인다. 그러기에 선생의 소설에 등장하는 기록자는 대체로 작가를 지망하고 있으며, 한 시대의 성격을 해명하는 일을 두고 주변부의 존재로서 중심부의 의미해 육박하는 권한을 부여받고 있다. 이처럼 명료하고 지속적인 문학관의 소설적 발현이란, 그 사례가 결코 헐한 것이 아니다. 동시에 그렇게 정돈된 생각을 가진 기록자의 인간 이해는 시대사의 바닥으로부터 실체적 삶의 진실을 걷어 올리는 데 유력한 것으로서, 두세 줄의 역사 기록 뒷편에 응결된 수만 명의 고통과 임리한 희생을 소설로 전경화하는, 보기 드문 소설적 표현에 이르렀다.

선생의 소설을 통해 볼 수 있는 박람강기한 재능, 생전에 5개 국어를 능통히 사용한 다면적 언어문화권에 대한 이해, 당대의 작가 어느 누구도 흉내낼 수 없는 단기 속성의 다작 등은, 그것대로 하나씩 소설가로서의 장점이 될 수 있는 것들이다. 이러한 속성들을 일정한 비난의 재료로 삼자면, 기실은 그것을 익히 터득하고 그것을 넘어선 자에게만 자격이 있다. 선생을 존중하고 아끼는 우리가 분개하는 것은, 그만한 자격도 없는 자들이 무분별하게 이러저러한 방식으로 시비를 거는 그 무책임한 언사들 때문이다.

누가 뭐라 하든 선생의 소설은, 한 시대의 속성을 예리하게 반사하는 명징한 거울이었다. 『행복어사전』의 서재필을 두고 그가 룸펜 인텔리겐차의 한 전형으로서 그가 살았던 시대의 모습을 독특한 유형으로 증거하고 있다는 분석은, 선생의 '거울'들을 우리가 앞으로 어떻게 인식하고 설명해 나가야 할지에 대한 하나의 본보기가 된다. 그만큼 새롭게 그리고 올바르게 바라보려는 시도가 허약했고, 그러기에 그러한 시도를 본격적으로 북돋우는 일이야말로 선생을 입으로만 기리지 않는 기념사업의 입지점이 될 것이다.

3, 새로운 연구대상으로서의 장편소설들

선생은 분량이 크지 않은 작품을 정교한 짜임새로 구성하는 능력이 뛰어난 작가이지만, 그보다 훨씬 더 강력하게 인식되기로는 부피가 창대한 대하소설을 유연하게 펼쳐나가는 데 탁월한 작가라는 점이다. 일찍이 그가 도스토옙스키의 『죄와 벌』을 읽고 그 마력에 사로잡혔다고 고백한 것도 이 점에 견주어 볼 때 자못 의미심장해 보이기도 한다.

『산하』, 『행복어사전』, 『바람과 구름과 비』, 『지리산』 등이 그 구체적인 범례에 속하는 작품들인데, 이는 단순히 작품의 분량이 엄청나다는 외형적 사실에 그치는 것이 아니다. 그 속에 도도히 흐르는 시대적 · 역사적 현실과 그것에 총체적인 형상력을 부여할 때 얻어지는 사상성이 철학적 개안의 차원에까지 이른 면모를 보인다.

『산하』는 남한에서의 단독 정부수립으로 이승만 정권이 들어서고 3·15 부정선거와 4·19 학생혁명에 의해 그 정권이 끝날 때까지, 이와 더불어 부침한 한 인물을 주인공으로 했다. 우리는 이종문이라는 그 흥미 있는 인물의 행적을 통하여, 한 인간의 내부에서 일어날 수 있는 거의 모든 가능태에의 목도와, 당대의 세태풍속 및 시대사적 풍향의 의미를 가늠하는 일을 함께 달성할 수 있다.

『행복어사전』은 우등생의 모범답안을 추구하여 그것으로 세상의 갖가지 생존경쟁에 이기려는 사람들의 한 가운데에, 그러한 것을 추구하지 않고 내면적 충일함으로 삶을 채우려 시도하는 한 젊은이를 그렸다. 신문사의 교열 기자에서 작가로 길을 바꾸어나가는 서재필이라는 이름의 매우 유다른 주인공을 통해서, 우리는 범상한 삶의 배면에 응결되어 있는 여러 형태의 인식을 예컨대 '가두철학'이라 호명해도 좋을 만한 정신적 성숙의 단계에서 해석하는 세련된 교양을 접하게 된다. 어쩌면 이는 우등생의 삶의 방식을 추단하는 것보다 더 어려운 작업일지도 모른다. H. E 노사크가 『문학과 사회』에서 주장한 바 "등장인물은 작가에게 자기자신의 행위에 대한 설명을 요구한다"고 한 그 인물 형상화의 어려움이 어떻게 자연스러운 형태로 소설적 구조와 악수하는가를 짐작하게도 한다.

『바람과 구름과 비』는 구한말의 내우외환 속에서 중인 신분의 한 야심가가 어떻게 세상의 경영을 꿈꾸는가, 라는 대단히 의욕적인 상황을 설정하고 그를 위한 주도면밀한 계획과 추진 및 그에 관련된 여러 가지 이야기를 다루었다. 일견 무사불능하게 여겨질 만큼 치밀하고 치열한 최천중이라는 인물의 행위 규범들을 통해, 우리는 하나의 세계를 부피있게 기획하고 이를 극채색으로 치장해나가는 작가의 배포와 기량을 읽을 수 있다.

『지리산』은 어느 모로 보나 이병주의 대표적인 작품이라 할 수 있겠다. 남북간의 이데올로기 문제를 정면에서 다루면서 지리산을 중심으로 집단생활을 한 좌익 파르티잔의 특이한 성격을 조명한 소설의 내용에서도 그렇거니와, 모두 7권의 분량에 달하여 실록 대하소설이란 명호를 달고 있는 소설의 규모에서도 그러하다. 이 소설에 등장하는 주요 인물들, 작가가 특별한 애정을 갖고 그 성격을 묘사하고 있는 박태영이나 하준규 같은 인물, 그리고 해설자인 이규 같은 인물은 일제 말기의 학병과 연관된 공통점을 가지고 있다. 그 '치욕스런 신상'과 한반도의 걷잡을 수 없는 풍운이 마주쳤을 때, 이들의 삶이 어떤 궤적을 그려나갈 수밖에 없었는가를 뒤쫓고 있는 형국이다.

상기한 장편소설들은 앞으로 선생의 작품을 새롭게 평가해 나가는, 선생에 대한 실질적인 추모의 사업을 수행해 나가는 작업에 있어 일차적인 대상이 될 작품들이다. 하기로 한다면 그 가운데서 여러 유형으로 긍정적 평가의 단서들을 추출해 낼 수 있다. 문제는 그 작업을 얼마나 체계적이고 지속적으로 설득력 있는 추진 주체와 더불어 진행되도록 하느냐에 있다. 그것은 문학 내부의 문제이면서 동시에 문학 외부의 문제이기도 하다.

4. 참된 추모사업의 진척을 위하여

비록 우리가 선생의 삶과 문학적 사상에 근접해 있다고 해도, 선생의 작품에 대한 세간의 비판들에 대하여 눈 감고 귀 막는 것이 선생을 올곧게 추모하는 일이 될 수는 없다. 그것을 명민하기 이를 데 없는 작가였던 선생 자신이 생전에 모르고 넘어갔을 리도 없으며, 또 숨기고 가린다고 해서 숨겨질 리도 없다. 선생의 문학이 가진 근본적인 단처에 대해서는 필자의 글 「이병주의 문학과 역사의식」에서 상세히 지적했기로, 여기서는 다시금 상술하는 것은 생략하기로 한다.

"너무 많은 작품을 간단없이 제작해 낸 관계로 곳곳에 비슷한 정황이 중첩되거나 중 · 단편의 내용이 장편의 한 부분으로 편입되어 있는 양상도 적잖이 발견된다. 이러한 측면은 정작 한 사람의 작가로서 그를 아끼고 그와 더불어 가능할 수도 있었던 한국의 '발자크적 신화'를 아쉬워하는 이들에게 만만치않은 안타까움을 남긴다."

이는 그 글에서 필자가 썼던 지적의 한 대목이다. 필자는 이어서 이렇게 썼다.

"그가 보다 미학적 가치와 사회사적 의의를 갖는 주제를 택하여 힘을 분산하지 아니하고 집중했더라면 빼어난 문필력과 유례를 찾아보기 어려운 체험들로써, 그 자신이 마력적이라고 언급한 도스토옙스키의 『죄와 벌』

같은 웅장한 작품을 생산할 수도 있지 않았을까 하는 안타까움인 것이다."

문학적 밀도, 예술적 완성도, 문필가로서 자기관리의 엄정성 등에 아쉬움이 남아 있는 채로, 우리는 선생의 작품을 통하여 격랑의 근대사를 이 땅에서 감당해야 했던 한 지식인이 그 역사의 광풍에 어떻게 대응해야 했던가를 생생한 예증으로 목도하게 된다. 선생에게는 소설이야말로 인간이고 삶이며 역사 그 자체였다.

그러기에 누구든 함부로 선생에게 뜻 없이 돌을 던지지 말라. 역사와 문학의 이름으로 책망받을 것이다. 대신에 우리는 선생의 삶과 그 문학의 공과를 냉정한 이성과 객관적 관찰력으로 살피고 해명하고 또 공표해야 마땅하다. 통속성의 문제에 있어서도, 예컨대 T. S. Eliot가 「전통과 개인의 재능」에서 정의한 바 평가기준의 변모에 관한 말이나, 오늘날 국내외의 문화적 조류에 비추어 다시 한번 생각해 보기로 하자. 세상 모든 일에는 빛과 그늘이 함께 있는 법이 아닌가.

진정한 기념사업은 그 그늘을 있는 그대로 보여주면서 그 빛의 영역을 확장해나가는 일이어야 한다. 올바른 평가를 위한 문학강좌나 세미나, 선별된 전집의 발간, 전국 규모의 문단을 초치하는 문학상이나 새로운 독자층을 개발하는 사업 등을 기획하고 추진하고 성사시켜 나가는 구체적 노력 없이는 기념사업도 소용없을 터이다.

단순한 작품의 무대를 두고 호사가적 관심을 유발하려 호들갑을 떠는 근시안적이고 비본질적인 태도는 옳지 못하다. 이곳 하동에 태를 묻은, 이 자리를 향리로 하는 작가를 홀대하고서 그 지역사회의 문화적 의

식이 성숙하기를 기다리는 것은 어불성설이다. 오늘날과 같은 지방자
치의 시대에 진정한 향토의 문화인물로 문화적 표본을 제시하는, 힘있
는 문화적 인식과 그 실천을 기대해 볼 때이다.

왜 다시 이병주인가
이병주의 단편

　한 작가가 생전에 그 작품으로 일정한 평가를 받은 경우, 그는 행복한 존재이다. 한국문학사 또는 세계문학사에 명멸한 수도 없이 많은 작가들이 그 역사적 기록에 이름조차 올리지 못하고 스러져간 일들을 생각해 보자. 후대의 독자들이 그 이름과 작품을 기억하고 또 작품에서 공감을 얻을 수 있는 작가는 소중한 문화적 유산에 해당하며, 우리는 그 작품을 일러 '고전'이라 부른다.

　생전에 이름을 얻기도 어렵거니와, 사후에 그에 대한 재평가가 이루어진 작가는 훨씬 더 드물다. 예컨대 작가의 탄신 1백주년을 맞아 그의 출신 지역에서 재조명 사업이 이루어지면서 다시 부각된 허만 멜빌의 『모비딕』 같은 작품이 없는 것은 아니다. 그러나 이처럼 한 세기에 걸친 시간의 상거를 뛰어넘는 재평가는, 미상불 거의 기적에 가까운 일이다. 이 얘기는 말을 바꾸어서 하자면 동시대에 문학 작품의 판단과 평가의 기능을 맡은 집단이 보다 신중하고 면밀하게 작품의 미학적 가치를 구분해야 한다는 것이고, 그것이 문화 유산의 계발과 보존에 기여하는 행위라는 뜻이다.

　이러한 생각들과 관련하여, 여기 우리가 다시 주의깊게 살펴보아야 할 한 사람의 작가가 있다. 나림 이병주. 1921년에 태어나 1992년에 타계할 때까지, 언론인이요 작가로서의 생애를 살았으며 근·현대사의 온갖 굴곡을 그 인생역정 가운데 체험하고 이를 소설로 남겼다.

　우리는 그의 데뷔작 「소설·알렉산드리아」를 읽고 눈을 크게 뜨며 놀란 여러 사람의 글을 볼 수 있으며, 그로부터 40여 년이 지난 오늘에 그 작품을 다시 읽어 보아도 한 작가에게서 그만한 재능과 역량이 발견되기는 참으로 쉽지 않은 일이겠다는 감회를 얻을 수 있다.

　산뜻하면서도 품위 있게 진행되는 이야기의 구조, 낯선 이국적 정서를 작품 속으로 끌어들여 누구든 쉽사리 접근할 수 있도록 용해하는 힘, 부분부분의 단락들이 전체적인 얼개와 잘 조화되면서도 수미상관하게 정리되는 마무리 기법 등이 이 한 편의 소설에 편만(遍滿)하게 채워져 있었으니, 작가로서는 아직 무명인 그의 이름을 접한 이들이 놀라는 것은 무리가 아니었다고 할 수밖에 없다.

　특히 역사와 문학의 상관성에 대한 그의 통찰은 남다른 데가 있어, 역사의 그물로 포획할 수 없는 삶의 진실을 문학이 표현한다는 확고한 시각을 정립해 놓았다. 매우 오래 전 어느 자리에서, 필자는 그에게 "역사적 기록의 신빙성에 대해 어떻게 생각하느냐"는 선문답류의 질문을 던져 본 적이 있었다. 그때 그는 서슴없이 "역사는 믿을 수 없는 것"이라는 답변을 내놓았다. 표면상의 기록으로 나타난 사실과 통계수치로서는 시대적 삶의 실상이 노정한 질곡과 그 가운데 스며 있는 사람들의 가슴 아픈 사연들을 제대로 반영할 수 없다는 논리였던 것이다.

그런데 문제는 그가 남겨 놓은 뛰어난 작품들과 그 문학적 성취에도 불구하고, 당대 문단에서 그에 대한 인정이 적잖이 인색했으며 또한 그의 작품 세계를 정석적인 논의로 평가해 주지 않았다는 데 있다. 물론 거기에는 그 나름의 사유가 있다. 그가 활발하게 장편소설을 쓰기 시작하면서 역사 소재의 소설들과는 다른 맥락으로 현대사회의 애정 문제를 다룬 소설들을 또 하나의 중심축으로 삼게 되었는데, 이 부분에서 발생한 부정적 작용이 결국은 다른 부분의 납득할 만한 성과마저 중화시켜 버리는 현상을 나타내었던 것으로 여겨진다. 말하자면 지나치게 대중적인 성격이 강화되고 문학작품이 지켜야 할 기본적인 양식의 수위를 무너뜨리는 경우를 유발하면서, 순수문학에의 지구력 및 자기 절제를 방기하는 사태에 이른 감이 약여(躍如)했던 것이다. 뿐만 아니라 여기에 구체적인 예증으로 열거할 만한 작품이 너무 많기까지 하다.

그러나 이러한 부정적 측면을 제하여 놓고 살펴보자면, 우리는 여전히 그에게 부여되었던 '한국의 발자크'라는 별호가 결코 허명이 아니었음을 수긍할 수밖에 없다. 일찍이 대학에서 문학을 공부하던 시절, 그는 자신의 책상 앞에 '나폴레옹 앞엔 알프스가 있고, 내 앞엔 발자크가 있다'라고 써붙여 두었다고 술회한 바 있다. 이 오연한 기개는 나중에 극적인 재미와 박진감 넘치는 이야기의 구성, 등장인물의 생동력과 장쾌한 스케일, 그리고 그의 소설 처처에서 드러나는 세계 해석의 논리와 사상성 등에 의해 뒷받침된다.

이러한 작가로서의 면모를 다시 떠올려 볼 때, 그리고 우리 문학사에 그의 성향 및 성취에 필적할 만한 작가를 찾는 일이 거의 무망하다는 사실을 염두에 둘 때, 우리는 유명(幽明)을 달리한 지 25년에 이른 그의 작품을 다시 확인하고 평가해야 할 필요성을 강렬하게 느끼게 된다. 더욱이 시대적 사조가 점차 미소하고 부분적인 것 중심으로 흘러가고, 현란한 영상문화의 물결에 밀려 문자매체의 전통적인 상상력이 고갈되어 가고 있는 마당에, 이병주식 이야기성의 회복을 통해 인문적 사고의 내면 확장과 온전한 세계관의 균형성을 확립한다는 것은 참으로 중요한 명제가 아닐 수 없다.

이병주의 첫 작품은 대체로 1965년에 발표된 「소설 · 알렉산드리아」로 알려져 있다. 작가 자신도 이 작품을 데뷔작으로 치부하곤 했다. 하지만 실제에 있어서 첫 작품은 1954년 《부산일보》에 연재되었던 장편 『내일 없는 그날』이었으며, 이를 통해 그는 자신이 오랫동안 심중에 품어 왔던 작가로서의 길이 합당할지 어떨지를 시험해 본 것 같다. 물론 그 시험에 대한 자평이 어떤 결과였든지 간에, 그 이후의 작품 활동 전개로 보아 그의 내부에서 불붙기 시작한 문학에의 열망을 사그러뜨릴 수는 없었을 것이다.

그런 만큼 그의 소설이 보여 주는 주제의식도 그야말로 백화난만한 화원처럼 다양하게 펼쳐져 있다. 『예낭풍물지』나 『철학적 살인』 같은 창작집에 수록되어 있는 초기 작품의 지적 실험성이 짙은 분위기와 관념적 탐색의 정신, 앞서 언급한 바와 마찬가지로 시대성과 역사 소재의 작품에서 볼 수 있는 숨겨진 사실들의 진정성에 대한 추적과 문학적 변용, 현대사회 속에서의 다기한 삶의 절목(節目)들과 그에 대한 구체적 세부의 형상력 등속을 금방이라도 나열할 수 있다. 더욱이 현대사회의 여러 현상을 주된 바탕으로 하는 작품들에서는, 천차만별의 창작 유형들을 만날 수 있다.

1980년대 이후에는『허망의 정열』,『그 테러리스트를 위한 만사』등의 창작집에서 역사적 사건과 현실 생활을 연계시킨 중편이나 함축성 있는 단편들을 볼 수 있는데, 여기에까지 이르면 이미 그의 작품에 세상을 입체적으로 바라보는 원숙한 관점과 잡다한 일상사에서 초탈한 달관의 의식이 깃들어 있다. 그런가 하면 적지 않은 분량의 수필집을 통해, 소설에서 다 기술하지 못한 직정적(直情的)인 담화들을 표현해 놓기도 했다.

이병주의 역사 소재 소설들을 통틀어 우리가 주목해야 할 하나의 요체는,『지리산』에서의 이규와 같은 해설자의 존재이다. 그 해설자는 이름만 바꾸었다뿐이지 다른 작품들에서도 거의 유사한 존재양식을 갖고 나타난다. 예컨대『관부연락선』에서 이 군 또는 이 선생으로 불리는 인물,『산하』에서 이동식으로 불리는 인물, 한참을 거슬러 올라가서「쥘부채」같은 초기 작품에 나오는 대학생 동식이라는 인물도 모두 본질이 동일한 '이 선생'이다.

작가는 이 해설자에게 시대와 사회를 바라보고 판단하고 평가하는 자기 자신의 시각을 투영했으며, 그런 만큼 그 해설자의 작중 지위는 작가의 전기적 행적과 일치되는 부분이 많은 특성을 나타내고 있다. 만약에 그 해설자가 불학무식하거나 당대의 한반도 현실에 대해 사상적이며 철학적 사유를 할 수 없는 인물로 그려진다면, 작가는 애초부터 스스로의 심중에 맺혀서 울혈이 되어 있는 이야기들을 풀어 낼 수가 없는 것이다. 불학무식한 부역자를 주인공으로 한 조정래의 『불놀이』와 좌파 지식인을 주인공으로 한 같은 작가의 『태백산맥』이, 한 작가의 작품이면서도 역사와 현실을 읽는 시각의 수준에 현저한 차이를 드러내는 것이 여기에 좋은 보기가 됨직하다.

이병주가 너무 많은 작품을 간단없이 제작해 낸 관계로, 곳곳에 비슷한 정황이 중첩되거나 중·단편의 내용이 장편의 한 부분으로 편입되어 있는 양상도 적잖이 발견된다. 이러한 측면은 정작 한 사람의 작가로서 그를 아끼고, 그와 더불어 가능할 수도 있었던 한국의 '발자크적 신화'를 아쉬워하는 이들에게 만만치 않은 안타까움을 남긴다. 그가 보다 미학적 가치와 사회사적 의의를 갖는 주제를 택하여 힘을 분산하지 아니하고 집중했더라면, 빼어난 문필력과 비슷한 유례를 찾아보기 어려운 극적인 체험들로써, 그 자신이 마력적이라고 언급한 도스토옙스키의 『죄와 벌』 같은 웅장한 작품을 생산할 수도 있지 않았을까 하는 안타까움인 것이다.

그러나 이러한 안타까움과 아쉬움이 남는 것은, 그리고 그것을 쉽사리 내버리지 못하는 것은, 일부의 부정적 측면이 상존하는 채로 그의 소설 세계가 우리 문학사상 유례 드문 성취와 비교할 데 없는 분량을 자랑하고 있는 까닭에서이다. 그가 불혹의 나이에 시작하여 온 생애를 두고 구축해놓은 서사적 구조물들을 외면할 수도 없고 또 그렇게 해서도 안 된다. 지금 우리에게는 작고 사소한 허물을 덮고 크고 유다른 성과를 올곧게 평가하는 대승적 시야가 필요하다. 그래서 지금, 다시 이병주인 것이다.

마흔네 살의 늦깎이 작가로 시작하여 한 달 평균 200자 원고지 1천 매, 총 10만여 매의 원고에 단행본 80여 권의 작품을 남긴 이병주의 문학은, 그 분량에 못지 않은 수준으로 강력한 대중친화력을 촉발했다. 그와 같은 대중적 인기와 동시대 독자에의 수용은 한 시대의 '정신적 대부'로 불릴 만큼 폭넓은 영향력을 발휘했고, 이 작가를 그 시대의 주요한 인물로 부상시키는 추동력이 되었다.

또한 이는 작가의 타계 이후 사반세기에 이른 지금, 이제 하나의 시대정신(zeitgeist)으로 진행되고 있는 작품의 대중적 수용 및 실용성, 곧 문화산업의 활발한 추진과 더불어 다시 살펴보아야 할 면모를 여러 방면에서 촉발한다. 이병주 문학이 갖는 독특한 내용 및 구성은 이 대목에 있어 매우 효율적인 요인으로 기능하는 장점이 될 수 있다. 이야기의 재미, 박학다식과 박람강기, 체험의 역사성, 지역적 기반 등 여러 요소가 그의 문학 가운데 잠복해 있는 까닭에서이다.

여기서 논거하는 세 편의 소설 「철학적 살인」, 「겨울밤 – 어느 황제의 회상」, 「예낭풍물지」는 이병주의 작품 가운데서도 수발(秀拔)한 중 · 단편들이다. 세 작품은 1972년에서 1976년 사이에 발표 되었으니, 소설을 쓰기 시작한 지 18년, 그리고 데뷔한 지 7년부터 씌어진 것으로, 언론과 문학 양면에 걸쳐 뛰어난 문장가였던 그의 문필이 한결 유장해졌을 무렵이다. 뿐만 아니라 지천명(知天命)을 넘긴 파란만장한 삶의 풍파가 세상살이의 문리(文理)를 틔워, 한 작가가 가장 의욕적으로 작품을 쓸 만한 지점에 도달한 시기였다고 할 수 있다.

「철학적 살인」은 법과 제도를 넘어 인간이 세계의 중심이라는 작가의 사상을 극명하게 드러내는 작품이다. 간음한 아내에 대한 남편의 물리적 치죄를 납득할 수 있는 것으로 보고 이를 부양하기 위해 일본 법원의 판례를 가져오기도 하는데, 더 중요한 것은 이 사실을 설득력 있게 피력하는 작가의 변설(辯說)이다. 「겨울밤-어느 황제의 초상」은, 작가의 감옥 체험에 잇대어 한·중·일의 근대사에 얽힌 여러 조각의 이야기 모자이크를 옴니버스 형식으로 풀어 보인 작품이다. 그 각기의 조각마다 따로 한 편씩의 소설이 될 만한 중량을 가졌는데, 이를 '겨울밤'이라는 이야기의 얼개 아래에 한데 묶었다. 「예낭풍물지」는 그야말로 현란한 소설적 잡학사전이다. 감옥·병·사랑·가족·고향·죽음의 온갖 재료를 버무려 한 편의 소설을 만들고, 그 가운데서 참된 인간의 자아가 무엇인가를 탐색하는 독특한 작품이다.

물론 이 세 소설은 이병주의 전체 작품세계 가운데 극히 일부분이며, 거기에 담긴 바 허구와 현실을 넘나드는 이야기들도 작가의 사상·체험·상상의 방대한 부피 중 미소한 대목에 지나지 않는다. 그러나 그 단단한 세부들은 우리에게, 이 작가가 정녕 소중히 알고 독자들에게 전달하고자 했던 생각이 무엇이며, 그 생각의 통로를 되짚어 작가의 작품 한복판으로 진입할 방법이 무엇인가를 선명하게 지시한다. 작가의 전체 작품에 대한 이해가 필요한 영역이 있는 만큼, 공들여 제작한 개별의 작품을 공들여 읽어야 할 영역이 함께 존재하는 것이다. 그런데 이병주의 세계에는 그런 대표성을 가진 소설들이 지천으로 널려 있다.

산문으로 쓴 인생론, 그 경륜의 깊이

이병주의 수필

    나림 이병주 선생은 1921년 경남 하동에서 태어나 1992년 서울에서 세상을 떠났다. 마흔이 넘은 나이에 문단에 나와 30년 가까운 세월에 88권의 소설과 23권의 산문집을 남겼다. 일본 메이지대학 문예과에 유학했고 재학 중에 중국 소주로 학병을 나가야 했으며 광복이 되자 상해를 거쳐 귀환했다. 부산《국제신보》주필로 있다가 5·16쿠데타 이후 필화사건으로 복역했으며, 출옥 후 소설을 쓰기 시작했다. 공식적으로 기록되어 있는 그의 첫 소설은 1965년《세대》에 발표한 중편「소설·알렉산드리아」이지만, 그 이전에 이미《부산일보》에『내일 없는 그날』이란 장편을 연재한 경력이 있다.「소설·알렉산드리아」는 작가로서의 출현을 알리는 작품인 동시에, 그 소설가로서의 기량과 가능성에 많은 사람들을 놀라게 한 역작이었다.

    작가의 생애가 격동기의 우리 역사를 바탕으로 하고 있고, 작품세계가 파란만장한 굴곡의 생애를 반영하고 있는 만큼, 그의 소설을 읽는 일은 곧 근대 이래 한국 역사의 현장을 탐사하는 일과 다르지 않다. 특히 그가 활달하게 개방된 상상력과 역동적인 이야기의 재미, 그리고 유려한 문장을 구사하는 까닭으로 당대에 보기 드문 문학적 형상력을 집적한 작가로 평가되었다. 뿐만 아니라 활발하게 소설을 쓰는 동안, 가장 많은 대중적 수용성을 보인 작가였다. 그런 연유로 당시에 그를 설명하는 작품의 안내문에는 '우리 시대의 정신적 대부'라는 레토릭이 등장하기도 한다. 세월이 유수(流水)와 같다는 말은 어디에나 적용되는 것이어서, 그렇게 많은 독자를 이끌고 있던 이 작가도 마침내 한 시대가 축조한 기억의 언덕을 넘어가기에 이르렀다.

하지만 그는 결코 잊혀서는 안 될 작가다. 그처럼 역사와 문학의 상관성을 도저한 문필로 확립해 놓은 경우를 발견할 수 없으며, 문학을 통해 우리 근 · 현대사에 대한 지적 토론을 가능하게 한 경우를 만날 수 없기에 그렇다. 한국 문학에 좌익과 우익의 사상을 모두 망라한 작가, 더 나아가 문 · 사 · 철(文 · 史 · 哲)을 아우르는 탁발한 교양의 세계를 작품으로 수렴한 작가, 소설의 이야기가 작가의 박람강기(博覽強記)와 더불어 진진한 글 읽기의 재미를 발굴하는 작가가 바로 이병주다. 그의 문학에는 우리 삶의 일상에 육박하는 교훈이 잠복해 있고, 그것은 우리가 어떤 관점과 경륜으로 세상을 살아가야 할 것인가에 대해 유력한 조력자로 기능한다. 때로는 그것이 어두운 먼 바다에서 뭍으로 돌아오게 하는 예인 등대의 불빛이 되기도 한다.

그동안 숱한 이들의 주목을 받았고 또 학술적 연구가 이루어진 그의 소설들은, 대체로 역사 소재의 작품들과 현대사회에 있어서 삶의 논리 또는 윤리에 관한 작품들로 구성되어 있다. 우리가 익히 아는 『관부연락선』, 『지리산』, 『산하』의 근·현대사 3부작을 비롯하여, 조선조 말기를 무대로 중인 계급 혁명가를 설정한 『바람과 구름과 비』, 그리고 동시대 고등 룸펜이 노정하는 일탈의 사상을 그린 『행복어사전』 등 그 면면이 화려하기 이를 데 없다. 그런데 스무 권이 넘는 그의 수필문학, 곧 산문에 대해서는 보다 진중한 접근이 덜한 편이었다. 어떤 측면에서는 그의 산문이야말로 소설보다 훨씬 더 사실적이고 진솔하여, 글을 읽는 사람이 스스로 손을 들어 무릎을 치게 하는 흡인력과 설득력을 담보한다.

이병주의 수필은 그 소재적 차원에서 바라볼 때 역사, 사상과 철학, 문학, 성(性), 작가의 체험 등 인생사와 세상사의 여러 부면에 걸쳐져 있다. 마침 한국문학평론가협회와 '지만지(지식을만드는지식)' 출판사에서 공동으로 기획한 『한국근·현대수필』 50선에 포함된 이 수필선집은, 가능한 한 그 다양하고 다채로운 산문의 세계를 잘 보여주려고 노력했다. 그런데 이러한 편자의 노력이라는 것도, 이 책을 손에 든 독자가 글의 행간에 몸을 숨기고 있는 작가를 만나고 그와 대화하며 현실적인 삶의 문제를 함께 나누는 시공초월의 교감에 비하면 단순한 길잡이의 역할 밖에 더할 것이 없다. 그만큼 이 작가에게는 광대한 부피의 지적 저장과 이를 수발한 문장으로 풀어내는 형상력이 잠재해 있다 할 것이다.

모두 3부로 엮인 이 책은 각 부별로 일정한 주제에 따라 분류된 작품들로 묶여 있다. 1부로 되어 있는 다섯 편의 글은 인문학적 소양을 바탕으로 독서를 통해, 또 그렇게 만나는 문학과 역사와 법률 등의 요목을 통해 인간다운 삶이 지향하는 가치에 대해 다루고 있다. 2부로 분할된

다섯 편의 글은 사상과 이데올로기와 문학에 대한 심층적인 논의를 전개한다. 그 어의의 개념과 역사적·학문적 전개 그리고 독자적인 해석에 이르기까지, '인문의 향연'이라 할 만한 재기가 넘치는 글들이다. 그리고 3부의 두 편은 모두 문학 속에 담긴 인간, 삶 가운데 잠복한 사상에 대해 담담하지만 확고한 어조로 써 내려간 글이다. 그토록 많은 이 작가의 산문 중에서 이 열두 편을 설정하기가 쉽지 않았거니와, 또 이렇게 선정된 작품이 명실공히 그의 산문을 대표한다고 하기도 어렵다.

하지만 여기에 수록된 글들을 통하여 그가 문학, 역사, 사상, 인간에 대해 무슨 생각을 가지고 있었으며 그것을 어떻게 표현했는가를 유추하기는 그렇게 어렵지 않을 것이다. 궁극적으로 그는 인간의 모든 정신적 활동, 그것을 반영하는 것으로서 문학이 인간 또는 인간다움과 어떤 상관성을 갖고 있는가에 대한 추구 및 천착으로 일관한 작가다. 비단 문학뿐만이 아니라 인간의 상대역으로 만나는 학문이나 예술의 분야가 무엇이든 간에, 인간이 도외시된 주의나 주장은 그의 세계에서 효용성을 인정받기 어렵다. 역사도 사상도 법률도 다 그렇다. 그런데 중요한 사실은 그가 이와 같은 주장의 전개를 딱딱하게 굳은 학구적인 자세로 일관하지 아니하고 자신의 파란만장한 삶의 굴절, 박학다식한 독서 체험과 더불어 매우 부드럽고 친숙하게 들려준다는 데 있다. 그 또한 이병주 산문이 가진 또 다른 매혹이다.

1부로 구성된 다섯 편의 글 가운데 가장 앞에 있는 「지적 생활의 즐거움」은 작가 이병주가 어떤 성향의 사람인지, 왜 그가 작가가 될 수밖에 없었는지를 웅변으로 보여준다. 그가 지적 생활, 곧 인간다운 생활이라고 언표하는 그 바탕에는 자신에게 선물처럼 주어진 독서의 욕망이 있다. 실제로 이 작가는 여러 언어에 걸친 치열하고 광범위한 독서, 그리고 그렇게 독파한 서적들을 진열한 서재의 명성도 크게 가지고 있었다. 거기에다가 장년의 나이에 경험한 영어(圇圄)의 극적 체험이 있고, 이 체험의 기간이 그의 독서를 웅숭깊게 한 것 또한 사실이다. 감옥살이 중에 옥외 운동을 하다가 담벼락 너머로 산을 오르는 사람을 보고 그 '자유'를 부러워하면서도, 사색과 독서로 다진 자신의 '비자유'와 바꾸지 않겠다고 한다. 말이 쉽지 이러한 각성은 기실 한 인간의 생애에 있어 보석처럼 빛나는 대목이다.

그 다음의 「백장미와 2월 22일」 역시 독서를 통해 체득한 세계인식의 기록이다. 「역사를 위한 변명」, 「법률과 알레르기」, 「도스토옙스키의 범죄 사실」은 각기 순서대로 역사 · 법률 · 문학이 거울처럼 반사하는 인간론이다. 그 가운데서 '역사는 절실한 교훈으로 가득 차 있는 보고(寶庫)'라는 수사가 보이는데, 이는 왜 그가 한국 근 · 현대사를 망라하는 역사 소재의 소설을 썼는가, 그 소설들을 통해 무엇을 발화하려 했는가를 엿볼 수 있게 한다. 법률적 판단에 대해 그야말로 알레르기성 반응을 보이는 것은, 직접적으로 면대해 본 법 집행의 실상이 얼마나 비인도적 · 비인간적으로 흐를 수 있는가를 체득했기 때문일 것이다. 그가 살아온 시대는 '막연한 전체'를 위해 '구체적인 개인'을 얼마든지 희생시킬 수 있는 형국에 있었다. 어쩌면 그의 문학 전반이 이 시대적 성격에 대한 저항일 수도 있다.

2부의 「사상과 이데올로기」에서 작가는 '지혜'에 이르는 정신의 단계를 지식-교양-사상으로 구분하여 설명한다. 그 문면을 따라가 보면 참으로 설득력 있는 탁견이다. 이 논리의 형성을 위해 작가는 동서고금의 현자들을 종횡무진으로 동원한다. 톨스토이와 링컨, 공자와 기독교, 마르크시즘과 헤겔이 무슨 여름날의 맥고모자처럼 그의 글 가운데 행렬을 이루고 있다. 사정은 그 다음 글인 「이데올로기와 문학」에 있어서도 별반 다르지 않다. 두 글은 그 주제의 특성상 다소 중복되는 부분이 없지 않으나, 각자가 간과하기 어려운 수준 있는 식견을 포괄하고 있다. 「문학이란 무엇인가」는 한 작가가 스스로의 눈으로 확립한, 수발한 문학론이다. 문학적 인식과 철학, 과학, 종교, 역사적 인식을 이토록 쉽게 그리고 명료하게 대비하여 보여주기는 결코 만만한 일이 아니다.

다음 글 「유머론 서설」은 실상 그렇게 재미있는 글이 아니다. 왜냐하면 사람들의 눈을 즐겁게 하는 '유머'를 보여주는 것이 아니라 그 개념의 전개와 사회적 적용에 관한 학구적 구명(究明)을 목표로 하고 있기 때문이다. 그런 연유로 이 글을 신중하게 읽으면 우리 생각의 바닥을 두드리는 고급한 흥취를 일깨울 수 있다. 과문인지는 몰라도, 한국의 유수한 문학가가 이 주제를 이렇게 정성들여 탐색한 사례는 없는 것 같다. 「'죄와 벌'에 관해서」는, 이 작가가 그의 문학 인생 전체에 걸쳐 끊임없는 화두로 삼고 있는 도스토옙스키에 관한 글이다. 일문(日文)의 번역, 탐정소설로 처음 접한 시기로부터 초인사상을 비롯한 그 문학적 금자탑에 이르기까지, 왜 도스토옙스키이며 왜 『죄와 벌』인가를 술회한다. 한국의 작가들에게 동토의 땅 러시아의 이 작가가 미친 영향력은 부지기수로 발견되는 바이지만, 그 생애와 사상과 문학열과 감옥 체험에 대한 인식의 저변을 작가 이병주의 안내로 깊이 있게 관찰할 수 있다.

3부에 수록된 「긴 밤을 어떻게 새울까」는, 윌리엄 사로얀의 소설 『인간희극』을 해명하는 데서 출발한다. 소설의 줄거리를 들려준 다음, '문학이란 좋은 것'이라고 영탄케 하는 그 무엇을 사로얀이 가지고 있다고, 세상을 각박하다 저주하는 사람에게 사로얀을 권한다고 적었다. 독서 체험, 곧 삶의 체험에 대한 이병주만의 활달한 기세를 감각할 수 있는 지점이다. 그런가 하면 미국 현직 대통령으로서 남북전쟁에 휘말려 밤잠도 제대로 자지 못할 정도로 격무에 시달리던 링컨이, 돈을 빌려 달라고 부탁해 온 친구에게 보낸 답신을 소개하고, 그것을 처음 읽었을 때의 감격을 토로한다. 그가 공감하고 감동한 것은 역시 '인간'으로서의 링컨이었다. 이 인본주의는 그의 80여 권 소설을 관통하는 모티프이기도 하다. 그가 『지리산』에서 가장 방점을 두었던 부분 또한, 인간으로서의 좌익 파르티잔이었다.

작가는 링컨에 대해 이렇게 기술한다.

"나는 링컨을, 정치가로서 위대하기 전에, 인간으로서 위대했고, 그 위대함이 바탕에 있었기 때문에 불세출(不世出)의 정치가로서 빛났으며, 천고에 메아리치는 대웅변가가 되었다고 믿는다."

마지막 글 「오욕의 호사」에서도 이 인본주의적 인물론은 그대로 이어진다. 사르트르와 사마천, 이광수와 최남선, 다산과 연암 등이 자신의 처한 역사적 자리에서 어떤 인간적 형상을 보였는가에 대한 검증이야말로 '언관(言官)'이자 '사관(史官)'이기를 자처했던 이 작가의 지속적인 관심이었다. 그와 같은 사유와 인식, 관찰과 평가의 안목을 작동하고 있었기 때문에 그는 '오욕(汚辱)의 호사(豪奢)'란 역설적인 수식어를 사용할 수 있었던 것이다. 한 시대를 풍미한 소설과 수필의 창작자, 그 도저하고 수려한 문학정신의 주인, 작가 이병주의 산문을 다시 공들여 읽는 이유다.

하동 이병주 기념사업의
문화산업적 고찰

1. 문화산업으로 작가를 보는 까닭

'문화'라는 용어의 포괄적 의미는, "인류가 모든 시대를 통하여, 학습에 의해서 이루어 놓은 정신적 · 물질적인 일체의 성과"로 되어 있다. 여기에 "의식주를 비롯하여 기술, 학문, 예술, 도덕, 종교 등 물심양면에 걸치는 생활 형성의 양식과 내용을 포함"하는 것으로 설명된다.

문화는 공동체적 삶의 원형을 이루는 것이며, 그것이 시간적 · 공간적 환경과 함께 지속되면서 일정한 유형을 생산한다. 하나의 국가 또는 민족 공동체 내부에서 발생하는 현실적인 문제들은, 문화적 측면의 매듭이 풀리면 모두 쉽사리 풀릴 수 있는 경우가 허다하다. 문화는 한 사회의 지식 또는 예술 작업의 총체이며, 나아가 한 민족의 전체 생활 방식과 민족정신의 일반적 성격을 포괄하는 개념이기 때문이다. 그러한 만큼 문화는 한 국가에서, 또는 국가와 국가의 관계에서 각계 각층을 통합하는 중요한 역할을 할 수 있다.

예컨대 남북 간의 관계에 있어서도 우리는 장·단기 계획으로 민족 통합을 앞당기고 그 미래에 대한 준비를 면밀히 추진해야 하나, 정치나 군사의 통합, 국토의 통합이 진정한 민족 통합이 아니며 그것이 결코 문화 통합 보다 우선할 수 없다. 문화 통합의 충실한 성취만이 민족 통합의 필요충분조건이 될 수 있다.

그리하여 단기 계획은 민족 통합의 여건을 조성하는 것으로, 장기 계획은 미래의 완전한 민족 통합을 준비하는 것으로 추진하면서, 그 의식의 중심에 문화 통합의 개념이 자리잡고 있어야 한다. 이는 비록 눈 앞의 화급한 업무로 보이지 않는다 할지라도, 남북 간의 여러 부문에서 관계 변화의 양상이 확대되는 지금, 우선적으로 계획되고 실행되어야 할 일의 대상이요 영역이다.

오늘날 세상이 빠른 속도로 변화하면서 문화의 형성과 그 성격에 있어서도 여러 가지가 변하고 있다. 과거에는 변화하는 삶의 여러 모습이 오래도록 축적되어 문화를 이루는 것이었는데, 지금은 변화의 형식과 내용 자체가 그대로 동시대의 문화를 형성하는 상황에 이르렀다. '스피드의 시대'란 말은 이미 운동 경기나 과학 기술에만 적용되는 개념이 아니며, 우리 삶의 다양한 부면들이 정보화, 특히 전자 정보화하면서 '정보화 시대'란 용어와 곧바로 소통되는 형국이 되었다.

문학에 있어서도 그렇다. 그 빠른 변화의 보속은, 문학사의 시대 구분이나 문학의 장르 개념 및 서술 방식 등이 그 영역 안에서 유지하고 있던 경계의 개념을 무너뜨리는 데 강력한 촉매제가 되었다. 이 경계의 와해는, 일찍이 문화인류학자 레비 스트로스가 '꿀과 담배'의 양분법으로 자연과 문명의 양자를 구분하여 설명하던 방식[57]이 이제 더 이상 유효하지 않다는 사실을 뜻한다. 그 양자가 함께 얼크러지고 상호간의 접촉과 환류를 통해 새롭게 형성되는 회색 지대, 회색 공간이 오히려 가치와 생산성을 인정받는 시대가 되었다.

문학 내부의 장르 유형이나 경계의 구분이 와해 또는 무화되는 사태는, 설명을 달리하면 장르와 경계가 새로운 통합의 길을 열어 나간다는 변증을 생성하는 것으로 된다.[58] 우리는 근자에 문학 논의 현장에서 '통합 문화'나 '퓨전 문화' 등속의 어휘들이 등장하고 있음을 쉽사리 목도할 수 있다.

이와 같은 문화의 개념과 성격 변화는, 문학작품의 생산자로서 작가와 그 수용자로서 독자의 지위 및 관계 변화를 유발하는 지점에까지 이르렀으며, 작품의 창작이 지향하는 지고한 가치, 이른바 작가의 독자에 대한 '교사'의 지위를 위협하는 수준을 나타내고 있다. 이를 테면 우리의 근대문학에서, 춘원 이광수가 스스로를 '문사(文士)'라 지칭하며 작가가 시대의 선각임을 자처하던 그와 같은 영화는 더 이상 찾아보기 어렵다.[59]

---

57) 레비 스트로스는 생식문화를 대표하는 '꿀'과 화식문화를 대표하는 '담배'의 양분법으로 자연과 문명의 성격을 구분했다.

58) 김종회, 「문화 통합의 시대에 우리 문학의 새로운 길찾기」, 『문화 통합의 시대와 문학』, 문학수첩, 2004, p.6.

59) 이광수는 문학자는 작가와 비평가의 두 부류를 말하며, 천재를 요한다고 주장했다. 이광수, 「문학이란 하오」, 《매일신보》, 1916.11.10.~11.23.

뿐만 아니라 작품이 예술성이나 문학성을 추구하기보다 대중성이나 오락성에 더 중점을 두는 경우, 이에 대한 비판과 타매의 강도도 한결 달라졌다. 과거에는 이를 대중문학 또는 상업주의문학이라 하여 부정적 시각으로 검증하는 것이 상례였으나, 근래에 와서는 여기에 '문화산업'이란 호명을 부여하고 그것이 가진 순기능을 주목하여 그 장점을 발양하려 하는 사례를 흔히 보게 된다.

문화산업이 하나의 시대적 조류로 등장하는 배면에는 출판시장의 변화와 문학 자본의 대형화 같은 직접적 요인이 작용하고 있다. 그리고 중요한 간접적 요인 가운데 하나는 문학 유산이나 문학인의 향토적 연고가 지방자치체의 문화의식이나 공동체적 유대를 계발하는 사업 및 그 실천과 연계되어 있다는 점이다.

이 글에서는 이병주 문학이 바로 그러한 측면에서 어떤 성향과 가능성을 가지고 있으며, 따라서 그것이 앞으로 추모사업의 실질적 전개에 어떤 방향성을 담보할 수 있을 것인가를 살펴보려 한다. 이를 위하여 먼저 전국의 문학관 현황과 운영 상황을 거쳐 이병주문학관 및 기념사업의 실천에 관해 기술하게 될 것이다.

2. 전국의 문학관 현황과 운영의 실제

전국 지방자치체의 문화산업적 인식과 그 실질적 발현을 보여주는 문학관은 현재 공식적으로 한국문학관협회가 대표성을 갖고 관리하고 있다. 이들은, "각 지역 문학관 간의 연계 체제 구축을 통한 지역문학 활성화 도모와 연합 문학행사 개최, 정보 교류 및 기획 프로그램을 공유하고, 시민들에게 문학 체험 및 교육의 장을 제공하는 것"을 목적으로 한 공동 사업에 참여하고 있다. 협회가 발족한 것은 2004년 4월이다.

문학관은 그곳을 찾는 이들이 문학인이 태어난 집이나 유품에서 문학적 숨결을 대하는 현장이며, 동시에 남겨진 유형무형의 문화유산을 보존하고 계승해 나가는 데 중요한 기능을 담당한다. 그냥 두면 유실될 수밖에 없는 문화 자료들이, 한 지역사회와 국가의 문화적 과실로 수용되고 향유되도록 하는 소중한 매개체의 역할을 맡고 있는 셈이다. 전국의 한국문학관협회 회원 문학관 현황을 정리해 보면 모두 74개에 이른다.[60]

이와 같은 문학관 가운데 많은 방문객을 견인하고 지역 경제의 부가가치를 발생시키는 이효석문학관, 지역 주민과의 유대와 동참을 성공적으로 이끌어 낸 김유정문학촌, 여러 문학 행사의 중심지가 된 문학의집·서울, 잘 구성된 콘텐츠와 함께 여름철 성수기에 하루 1천 명 이상이 방문하는 황순원문학촌-소나기마을, 지역의 궁벽한 곳에 있으나 특색 있는 구성을 가진 이병주문학관 등의 문학관이 그 모범으로서 주목을 받고 있다.

소나기마을 테마파크는 콘텐츠 계획 단계에 3년, 시공에 3년으로 모

---

60) 한국문학관협회, http://www.munhakwan.com.

두 6년이 걸렸고 공사비만 125억 원이 소요되었다. 그런 만큼 실제 문학공원 및 문학관의 콘텐츠도 매우 단단하고 조직적이다. 소나기마을을 찾는 관광객의 숫자가 현저히 증가하고 있는 것은 수도권 인접 지역이라는 입지 조건과 1만4천 평에 달하는 문학공원 규모의 장점도 있지만, 더 중요하게는 마을 내부의 볼거리와 체험 시스템이 잘 갖추어져 있고 이것이 입소문을 타고 널리 전파된 까닭이 크다.

이병주문학관의 경우 소나기마을이나 다른 문학관의 사례에 비하면 여러 가지로 잘 갖추어져 있지 못한 것이 사실이다. 시설 및 콘텐츠의 투자 규모와 전체 사이즈에 있어서 훨씬 못 미치며 관람객의 접근성과 유동 경로도 많이 불리하다. 문학관 내부 및 외부의 환경 또한 다른 문학관에 비해 앞서는 부분이 덜하다.

하지만 체계적이며 효과적인 자료의 전시와 국제문학제 및 국제문학상 운영을 비롯한 문학관 중심의 행사 등은, 중앙 문단이 대거 참여하면서 내실 있고 발전 가능성이 높은 문학관으로 널리 알려져 있다.

3. 이병주 문학의 대중친화력과 기념사업의 방향

마흔네 살의 늦깎이 작가로 시작하여 한 달 평균 200자 원고지 1천 매, 총 10만여 매의 원고에 단행본 80여 권의 작품을 남긴 이병주의 문학은, 그 분량에 못지않은 수준으로 강력한 대중친화력을 촉발했다. 그와 같은 대중적 인기와 동시대 독자에의 수용은 한 시대의 '정신적 대부'로 불릴 만큼 폭넓은 영향력을 발휘했고, 이 작가를 그 시대의 주요한 인물로 부상시키는 추동력이 되었다.

또한 이는 작가의 타계 이십 년이 가까운 지금, 우리가 앞서 살펴본 문화산업의 활발한 추진과 그 내용의 구성에 있어 매우 효율적인 요인으로 기능하는 장점이 될 수 있다. 여기에서는 그것을 몇 가지 항목으로 나누어 간략하게 살펴보기로 하겠다. 아울러 새로운 시대적 사조와 세태의 변화에 따라 과거의 광휘가 시들어가고 있는 듯한 이병주 문학을 복원하고, 그것을 동시대의 상황과 형편에 맞도록 활용하는 방안의 도출에 관해 서술해 보기로 하겠다.

가. 문화산업의 성과로 거양될 수 있는 요소들

1) 이야기의 재미

소설적 이야기의 재미에 있어, 이병주 문학은 탁월한 장점이 있다. 초기 작품 「소설 · 알렉산드리아」로부터 「마술사」, 「예낭풍물지」, 「쥘부채」 등의 단편에서는, 새롭고 강력한 주제와 더불어 독자들에게 그야말로 소설을 이야기의 재미로 읽는 체험을 선사했다.

그리고 뒤이어 계속된 『관부연락선』이나 『산하』, 『지리산』 같은 역사 소재의 장편들도 그러한 기조를 유지하고 있었고, 현대사회에 있어 남녀 간의 사랑을 다룬 수많은 장편들도 그 미학적 가치에 대한 부정적 평가가 제기됨에도 불구하고 소위 '재미'에 있어서는 탁월한 강점을 끌어안고 있었다.

이 대목은 지금은 연령이나 지위에 있어 우리 사회의 상층부가 된 그 당대의 독자들과 이병주의 소설을 다시 연계하면서, 문화산업적 관심을 환기할 수 있도록 하는 핵심적 요인이 될 수 있다. 그리고 읽는 재미를 운반하는 유려하고 중후한 문장은, 그 강점을 더욱 보강할 수 있는 요소가 된다.

2) 박학다식, 박람강기

이병주 소설의 곳곳에 드러나는 동서고금의 문헌 섭렵과 시대 및 역사에 대한 견식, 세상살이의 이치와 인간관계의 진정성에 대한 성찰 등은, 그의 작품을 언제 어떠한 상황에 가져다 두더라도 그 현장의 직접적인 문제와 교호작용을 일으킬 수 있는 기반을 형성하게 한다.

예컨대 『바람과 구름과 비』 같은 대하장편의 경우, 그 소설의 파장은 우리 근대사 전체, 우리 한반도의 지역적 환경 전체, 그리고 우리 삶의 실체적이고 세부적인 국면에까지 미칠 수 있는 힘을 지녔다. 만약 경남 하동에서 이병주 문학을 기리는 문화산업을 본격적으로 시발할 경우, 그 일의 운용 방식에 따라 이것이 한 지역사회의 한정된 범주에 그치지 않고 전국적 지향점을 가질 수도 있다는 의미이다.

3) 체험의 역사성

'역사'를 다루는 이 작가의 소설적 인식은, 이미 '신화문학론'이라는 논리적 근거로 설명될 수 있는 확고한 체계 위에 서 있다. 동시에 근·현대사의 민감한 부분들을 생동하는 인물들의 형상과 더불어 소설로 발화한 성과를 잘 집적하면, 그 당대의 역사적 고통을 감당했던 세대는 물론 역사 현실에 대한 교훈과 학습을 필요로 하는 세대에 이르기까지 폭넓은 공감을 불러올 수 있다.

이병주 소설의 역사성은 『산하』나 『지리산』이 증명하듯이 매우 극적인 요소들과 방대한 규모에 의해 부양되고 있다. 동시에 근 · 현대사를 보는 자기 방식의 독특한 해석적 관점이 소설 내부의 인물을 통해 발화된다. 무엇보다 이러한 역사적 성찰이 작가 자신의 구체적 체험을 바탕으로 하고 있기 때문에, 유사한 체험을 가진 다수 독자들과의 친화력을 발굴하는 데 유익하다.

4) 지역적 기반

이병주 문학의 단편, 장편들 가운데 지역적 연고를 가진 소설들은, 거개가 하동과 진주 등 경남 일원의 공간적 환경을 기반으로 하고 있다. 이러한 사례는 일일이 설명할 필요가 없을 정도로 많은 빈도를 보인다. 여기서 중요한 것은 그러한 소설적 사실들을 하동 지역에서 이병주라는 작가를 문화산업의 대상으로 할 때 적극적으로 활용하는 것이 좋겠다는 것이다.

이명산문학예술촌 내에 이병주의 문학적 성과를 기리는 시설물을 축조할 경우, 단순히 외형적 건축이나 전시관만 생각할 것이 아니라 작품의 지역적 특성을 개입시킬 수 있는 자연적이고 개방적인 환경 설정을 시도할 수도 있겠다. 이는 '황순원문학촌 - 소나기마을'이 기본적인 건축물 이외에는 친환경적인 자연공간에 소설의 상황과 1960년대 경기 북부

일원의 한국 농촌을 재현하기로 한 것과 비교해 보면 될 것 같다.

이 지역을 찾는 사람들이 규격화되어 제시된 관람 과정만 거쳐 갈 것이 아니라, 주변의 산야를 따라 이병주 문학의 지역적 특성을 실제 체험으로 감각하도록 유도해 볼 수도 있다. 뿐만 아니라 지리산 문화권의 둘레길 등 여러 가지 연대 프로그램을 계획하여 문화적 체험을 다양하게 이끌어 나가는 방안도 강구해 볼 수도 있을 것이다.

나. 이병주 기념사업의 유형과 새로운 논의들

상기와 같은 이병주 문학의 대중친화적 의미와 가치를 기리기 위해 서울의 문단과 출향 인사를 중심으로 설립된, 이병주기념사업회의 목적사업은, 다음과 같은 항목을 책정하고 있다.

1) 이병주의 문학을 중심으로 한 글읽기 및 연구 모임
2) 이병주의 전집 발간 사업
3) 이병주문학상 제정 및 운영
4) 이병주 문학 축제 개최
5) 글읽기 운동을 통한 범국민적 정신문화운동 추진
6) 회원 상호간의 유대와 친목 도모

또한 이병주기념사업회가 구성된 이후 실제적인 사업과 활동 계획을 마련하면서, 기념사업회가 주축이 되어 다음과 같은 일들의 추진을 실행하고 있다. 이는 이병주기념사업회의 발기취지문에 담겨 있는 활

동 방향과도 부합한다.

1) 이 모임을 통해 글읽기의 재미와 보람을 느끼는 사람들의 건실하고 격조 있는 문학적 만남을 주선하려 한다. 이병주의 소설 읽기와 이를 기리는 일에서 시작하여, 평범한 일반적인 독자에서부터 전문성을 가진 문학 연구자나 비평가가 정기적으로 한 자리에 모여 그 글 읽는 즐거움과 깊이 있는 문학 해석을 함께 추구하는 모범을 만들고자 한다.

2) 이병주의 문학을 체계적으로 연구하고 분류하여 전집을 발간하는 한편, 그 문학 논의의 광장을 새롭게 펼쳐 보려 한다. 작품의 수준에 따라 선별 과정을 거쳐 값있는 글을 모은 발간사업을 진행하면서, 이와 더불어 국제문학상 운영을 통해 한국문학의 국제적 유대를 증진하는 뜻 깊은 문학행사를 추진하려 한다.

3) 여기에 참여하는 이병주의 지인들과 독자들이 수준 있는 유대와 친분을 나누는 동시에, 이러한 글읽기 운동이 범국민적 정신문화 운동으로 승화될 수 있도록 확장하려 한다. 또한 일 년에 한 번 지리산 자락의 그 고장에서 풍성한 문학축제를 개최하는 등 우리 생애에 기억될 뜻깊은 문학적 체험을 마련하려 한다.

4. 이병주 문학의 복원과 활용의 문제

작가 이병주를 기리는 사업이 이병주의 타계 10주기를 시작으로 하여 경남 하동에서 시작되고, 서울에서 이병주기념사업회의 발족이 이루어진 이후, 이명산문학예술촌을 중심으로 지역사회의 실질적 사업이 구체화되고 문학관이 건립·운영되고 있는 것은 참으로 기릴 만한 일이다. 이러한 지역사회의 사업과 협력하면서 문학 그 자체로서 이병주의 문학을 복원하고 이를 유효적절하게 활용하는 방안도 함께 추진되어야 한다.

이병주 문학에 대한 발표를 하는 다른 자리에서 필자는 다음과 같은 언급을 한 바 있다.

"시대 현실에 대한 소설적 각성도 사라지고 삶의 여러 부면을 절실하게 반영하는 리얼리즘적 표현 방식도 쇠퇴하여, 대다수의 소설들이 얄팍한 문장을 앞세운 기교주의와 개별적인 형식 실험에 침윤해 있는 오늘날, 이병주와 같은 걸출한 작가, '새로운 한국의 발자크'를 기대하는 것이 섣부른 꿈으로 그치고 말 것 같아 안타까운 것이다."

이병주의 문학을 복원하는 일이, 오늘날 과거의 장점을 쉽사리 내던져버리는 젊은 작가들에게 하나의 경종이 될 수도 있다는 의미이다.

앞의 항에서 이미 언급한 바 있지만, 이병주의 문학에 대한 올바른 평가를 위한 문학강좌나 세미나, 선별된 전집의 발간, 전국 규모의 문단을 초치하는 문학상이나 새로운 독자층을 개발하는 사업 등을 기획하고 추진하고 성사시켜 나가는 구체적 노력 없이는 기념사업도 큰 성과를 거두기 어려울 것이다.

단순한 작품의 무대를 두고 호사가적 관심을 유발하려 유난을 떠는 근시안적이고 비본질적인 태도는 옳지 못하다. 하동에 태를 묻은, 이 자리를 향리로 하는 작가를 홀대하고서 그 지역사회의 문화적 의식이 성숙하기를 기다리는 것 또한 어불성설이다. 과거와 달리 현장성이 강조되는 지방자치의 시대에 진정한 향토의 문화인물로 문화적 표본을 제시하는, 힘있는 문화 인식과 문화 행정을 기대해 볼 때이다.

일찍이 『모비딕』을 쓴 작가 허만 멜빌에 대한 재평가가 그의 탄신 100주년을 기념하는 자리에서 새로이 시작된 바 있음을 상기해 볼 필요가 있다. 이 지역의 평사리 『토지』 '최참판댁' 기념행사가 그러하듯이, 이병주와 그 문학은 지방자치 시대에 있어 한 지역의 대표적 정신운동으로 떠오를 만한 충분한 값어치가 있다. 이병주를 지속적으로 기림으로써 지역사회는 문화적 활동의 큰 걸음을 연이어 내딛게 될 것이며, 그것은 향토를 사랑하는 일이 곧 나라를 사랑하는 일임을 증명해 줄 것이다.

이병주의 대표작 『지리산』과 그 이야기의 흐름을 면밀히 상고하여, 그를 따라 지역사회에서 『지리산』 관광코스를 개발해 필요한 지점에 설명문을 세우고 더 필요한 지점에 주기적으로 강연을 개설하며, 이 문화 이벤트에의 참여가 일상 속의 등산이나 레저에 접목되도록 하는 '생활문화'를 개발할 수도 있겠다. 이러한 논의들은 물론 한 뛰어난 작가의 문학적 업적이 결코 세월의 갈피 속에 쉽사리 묻혀버려서는 안되겠다는 경각심에 근본적인 바탕을 두고 있다.

작가 이병주에 대한 기억

경상남도 하동은 지리산과 다도해와 섬진강이 함께 만나는 고장이라 하여, 예로부터 삼포지향(三抱之鄉)이라 불렸다. 그 하동의 섬진강변에 자연석으로 된 문학비 하나가 서 있고, 거기에 이런 글귀가 새겨져 있다.

"태양에 바래지면 역사가 되고 월광에 물들면 신화가 된다."

소설가 나림 이병주 선생의 문학비다. 이 선언적이며 고색창연해 보이는 비문의 수사(修辭)는 이병주 선생의 문학관, 소설관을 매우 잘 반영하고 있다. 이 한 줄의 문장은 널리 알려진 선생의 소설『산하』첫 장에 기록된 에피그램이다. 실제적 삶의 집적인 '역사'에 비추어 그 배면에 잠복한 숨은 진실을 들추어 보이는 '문학'의 존재양식, 그렇게 존재하는 문학의 지위에 대한 인식을 간결하고 명료하게 요약하고 있다.

선생이 타계하기 수년 전, 그러니까 필자가 대학원에 적을 두고 있던 1980년대 말의 일이다. 어느 오후 선생께서 늘 나와 계시던 K호텔 커피숍에서, 필자는 매우 무모하고 무례한 질문을 던진 적이 있었다.

"선생님, 역사란 무엇입니까."

역사가 무엇이냐, 라니! 도대체 이 따위 대책 없는 선문답류의 질문이 어디 있단 말인가. 그런데 문학의 의미와 본질에 대해, 특히 역사소설의 그것에 대해 이런저런 생각을 끌어안고 선생을 만난 필자로서는 꼭 내놓아야 할 질문이었다. 선생의 답변은 의외로 짧았고, 역시 선문답적인 것이었다.

"역사란 믿을 수 없는 것일세."

역사를 믿을 수 없는 것이라니! 당시는 '운동개념으로서의 문학'이 한 시대를 풍미하여 민족, 조국, 역사 등등의 언사가 그 이름만으로도 서슬이 시퍼렇던 시절이었다. 그러나 선생의 어조는 단호하고 명쾌했으며, 필자는 거기에다 감히 추가의 질문을 덧붙이지 못했다.

선생이 유명(幽明)을 달리한 해가 1992년이니 그로부터 25년이 지난 지금, 그 말씀은 아직 필자의 귓전에 힘 있게 살아있다. 그간의 지속적인 문학 공부를 통해 왜 선생이 그렇게 말했고 그것이 무슨 뜻이었는가를 비로소 깨우칠 수 있었기 때문이다.

선생에게 있어 기록된 사실로서의 역사는 사람들이 살아온 삶의 실체를 정면에서 파악하는 데 그칠 뿐, 그 정론성의 성긴 그물망으로는 포획할 수 없는 삶의 가치와 진실에 대해서는 무방비의 방식이었던 것이다. 그런 만큼 그 답변은 역사의 그물망이 놓치고 지나간 실체적 진실을 소설을 통해 걷어 올린다는, 선생의 문학관을 대변한 요지부동의 언표이기도 했다.

선생에게 문학은 그러므로 '월광에 물든 신화'였고, 스스로 "역사는 산맥을 기록하고 나의 문학은 골짜기를 기록한다"고 한 그 '골짜기의 기록'이었던 셈이다. 이처럼 선생의 역사와 문학에 대한 인식은, 역사소설로서 우리 문학사 한 시기의 천정을 때린 작가답게 일목요연하게 정리되어 있었던 것으로 보인다. 그 양자를 바라보는 겹친 꼴 눈길과 변증법적 통합, 그것이 곧 역사소설의 운명이기도 하다.

가장 다양하고 깊이 있는 근대사의 체험을 재료로, 선생은 『관부연락선』, 『산하』, 『지리산』, 『그해 오월』 등 주옥같은 장편소설들을 남겼다. 근대사적 체험의 웅혼하고 활달한 문학적 표현이 선생의 몫이었고, 그 점이 오늘 우리로 하여금 선생의 문학을 기리며 기념하게 하는 까닭이다.

해마다 4월이면 하동에서 '이병주문학 학술세미나'가, 9월이면 '이병주국제문학제'가 열린다. 아시아 지역을 중심으로 각국의 작가들이 이병주문학관에 한데 모여 문학과 인간에 대한 논의를 펼친다. 이 나라 산하의 아들로서 그 아픈 역사의 심층을 소설의 이야기로 꽃피운 선생의 작품들을 보면, 문학이 어떻게 인간의 영혼을 치유하는 '명약'인지 짐작하게 된다.

지리산 자락의 10년 문학축제

1. 2007년 첫 이병주국제문학제

가. 8개국의 작가가 하동에 모인 까닭

지리산과 섬진강을 배경으로 우리 문학의 풍성한 산실 역할을 해 온 경남 하동에 아시아 지역 8개국의 이름 있는 작가들이 모여 '이병주'라는 이름을 매개로 한바탕 흥겨운 잔치 마당을 벌였다.

현대사의 빛과 그늘을 참으로 자유분방하게 그려낸 이병주 선생의 작품이 갖는 의미를 되새겨 보면서, 국제문학 심포지엄의 주제는 '아시아의 현대사와 문학-인간의 존엄성을 중심으로'로 정했다. 특히 참가국들 대개가 제2차 세계대전을 전후하여 참담한 역사적 질곡을 경험한 공통점이 있는 만큼, 작가들이 이 주제에 공감하여 자기 나라의 문학과 자신의 문학을 토로하기가 수월한 측면이 있었다.

기실 한국의 작가 가운데 그 작품세계를 두고 말할 때 이를 국제적인 가늠대 위에 올려놓을 수 있는 경우는 그리 많지 않다. 그러나 국제문학 심포지엄이 시작된 4월 27일 기조발제에서 김윤식 교수가 언급한 바와 같이, 이병주의 문학은 그 요건을 충족시키는 자격이 만만치 않다.

일제 강점기 지방 부호의 자제로 태어나 현해탄을 건넌 유학과 중국으로의 학병 체험, 해방공간의 좌우 이념 대립을 거치면서 이데올로기의 혼란과 감옥 체험, 그리고 언론사의 중심 간부이자 늦깎이 작가로서의 다양다기한 문필과 80여 권에 달하는 소설 창작자로서의 체험 등, 그의 생애를 꿰뚫는 여러 면모는 가히 그 외형과 내면에 있어 '국제적'에 해당한다.

더욱이 근자와 같이 지방자치 시대의 장점들이 발양되어, '중앙에서 지방으로'가 아니라 '지방에서 세계로'로 문화적 흐름이 변화하고 있는 시점에서는, 경남의 한 지방 소도시 하동이 국제문학제의 중심이 되지 못할 이유가 전혀 없는 터이다. 항차 남도 제일의 산수를 자랑하는 지리산 자락과 섬진강 포구의 하동은, 참가한 외국 작가들에게 이 나라 산하의 깊이 있는 아름다움을 선사하기에 부족할 바 없는 셈이다.

하동 지역민의 눈으로 볼 때는, 봄철의 이병주문학제와 가을의 토지문학제가 그 고장의 문화적 특성을 대표하는 정례 행사가 됨으로써, 문화적 자긍심을 높이는 한편 폭넓은 문화 향유의 계기를 마련하는 것이 될 수 있다. 특히 『토지』의 작가 박경리가 그 고장 출신이 아니라 작품의 무대가 그 고장인 점을 감안하면, 출신의 향토성이 강조되는 이병주 문학은 지역민들에게 각별한 대목이 없지 않다.

나. 6년에 이른 이병주문학제의 저력

그동안 제5회에 이르도록 성공적인 개최를 보여온 '이병주문학제'를

'이병주국제문학제'로 확대 시행하여, 하동을 중심으로 한 국제문학제로 정착시킴으로써, 이는 앞으로 부산국제영화제나 통영윤이상음악제와 같은 명성 있는 국제 문화행사로 발돋움할 기반을 마련했다고 본다.

국내에서는 김윤식 서울대 명예교수와 소설가 박완서 선생이 대표로 참가했다. 김교수는 「'위신을 위한 투쟁'에서 '혁명적 열정'에로 이른 과정–이병주 문학 3부작론」을 기조발제로 발표했고, 박완서 작가는 「이병주 선생을 기리며」라는 체험담을 발표했다. 국내 참가자 두 분이 직접적으로 이병주의 문학과 인간에 대해 발표한 반면, 외국 작가들은 자유롭게 자국 및 자기 이야기를 할 수 있도록 했다.

참가한 외국 작가들은 파블로 네루다상을 수상한 필리핀의 대표적인 작가 시오닐 호세를 비롯하여 현재 태국 작가협회 회장인 차마이펀 방콤방, 전 하노이작가협회 회장인 베트남의 호 안 타이, 한국에도 두터운 독자층을 확보하고 있는 일본 작가이자 호세이대학교 교수인 시마다 마사히코, 인도네시아의 비판적 지식인으로 이름 높은 구나완 모하메드, 중국 북경대학 출신 작가 한 자오 쳉, 대만 국립동화대학 교수인 작가 하오 위 샹 등이다.

여기에 해외에 있는 한인 작가들을 대표하여 샌프란시스코 한국문학인협회 신예선 회장이 참가하여 「내가 본 이병주 선생」이란 글을 발표했다. 국내 문인으로는 김용성, 서영은, 박덕규, 방현석 등의 작가와 임헌영, 최동호, 김인환, 정호웅 등의 문학평론가가 심포지엄에 참가하여 국내외 작가들과 활발하고 열띤 토론을 벌였다.

특별히 심포지엄의 주제가 '인간의 존엄성'을 두고 열린 연유로, 국가인권위원회 안경환 위원장이 초대되어, 개회 축하메시지를 발표했다. 안 위원장은 평소 이병주 문학에 관심이 컸을 뿐 아니라 법과 문학의 상관성에 관한 연구에도 명성이 있고 또 이미 『법과 문학』이란 저서도 출간한 바 있는 '문학 인사'이다.

심포지엄 마지막인 28일 오후, 국내외 작가들은 문학제를 마치면서 공동결의문을 채택, 이번 국제문학제의 의의와 성과를 되새기면서 내년부터 '이병주국제문학상'을 제정하고 시상할 것을 결의했다. 이병주국제문학상은 기 발표된 문학작품 가운데 문학적 성과를 평가받을 수 있는 작품의 작가를 대상으로 하되, 국내외를 구분하지 않고 세계적 수준을 갖춘 작가를 선정하는 것을 원칙으로 했다. 특히 이야기성을 갖춘 장편소설을 위주로 하기로 하고, 올해에는 이의 발의만 공표하기로 했다.

이러한 국제문학제의 결과는 한해의 계획과 노력으로 이루어진 것이 아니며, 그간 5년에 이르도록 꾸준하고 성실하게 이루어져 온 이병주문학제를 그 발판으로 하는 것이었다. 그리고 이를 위해 앞장서 일해 온 김윤식 · 정구영 두 공동대표의 노심초사가 컸다. 김윤식 교수는 주지하는 바와 같이 한국의 원로 문인이며 정구영 대표는 검찰총장 출신의 변호사로서 직전 재경하동향우회장이었다.

다. 지금 다시 보는 이병주 문학의 형상

나림 이병주 선생은 1921년에 태어나 1992년에 타계할 때까지, 언론인이요 작가로서의 생애를 살았으며 근 · 현대사의 온갖 굴곡을 그 인생역정 가운데 체험하고 이를 소설로 남겼다. 우리는 그의 데뷔작 「소설 · 알렉산드리아」를 읽고 눈을 크게 뜨며 놀란 여러 사람의 글을 볼 수 있으며, 그로부터 40여 년이 지난 오늘에 그 작품을 다시 읽어 보아도 한 작가에게서 그만한 재능과 역량이 발견되기는 참으로 쉽지 않은 일이겠다는 감회를 얻을 수 있다.

특히 역사와 문학의 상관성에 대한 그의 통찰은 남다른 데가 있어, 역사의 그물로 포획할 수 없는 삶의 진실을 문학이 표현한다는 확고한 시각을 정립해 놓았다. 매우 오래 전 어느 자리에서, 필자는 그에게 "역사적 기록의 신빙성에 대해 어떻게 생각하느냐"는 선문답 류의 질문을 던져 본 적이 있었다. 그때 그는 서슴없이 "역사는 믿을 수 없는 것"이라는 답변을 내놓았다. 표면상의 기록으로 나타난 사실과 통계수치로서는 시대적 삶의 실상이 노정한 질곡과 그 가운데 스며 있는 사람들의 뼈아픈 사연들을 제대로 반영할 수 없다는 논리였던 것이다.

그런데 문제는 그가 남겨 놓은 뛰어난 작품들과 그 문학적 성취에도 불구하고, 당대 문단에서 그에 대한 인정이 적잖이 인색했으며 또한 그의 작품 세계를 정석적인 논의로 평가해 주지 않았다는 데 있다. 물론 거기에는 그 나름의 사유가 있다. 그가 활발하게 장편소설을 쓰기 시작하면서 역사 소재의 소설들과는 다른 맥락으로 현대사회의 애정 문제를 다룬 소설들을 또 하나의 중심축으로 삼게 되었는데, 이 부분에서 발생한 부정적 작용이 결국은 다른 부분의 납득할 만한 성과마저 중화시켜 버리는 현상을 나타내었던 것으로 여겨진다.

그러나 이러한 부정적 측면을 제하여 놓고 살펴보자면, 우리는 여전히 그에게 부여되었던 '한국의 발자크'라는 별호가 결코 허명이 아니었음을 수긍할 수밖에 없다. 일찍이 대학에서 문학을 공부하던 시절, 그는 자신의 책상 앞에 "나폴레옹 앞엔 알프스가 있고, 내 앞엔 발자크가 있다"라고 써붙여 두었다고 술회한 바 있다. 이 오연한 기개는 나중에 극적인 재미와 박진감 넘치는 이야기의 구성, 등장인물의 생동력과 장쾌한 스케일, 그리고 그의 소설 처처에서 드러나는 세계 해석의 논리와 사상성 등에 의해 뒷받침된다.

이러한 작가로서의 면모를 다시 떠올려 볼 때, 그리고 우리 문학사에 그의 성향 및 성취에 필적할 만한 작가를 찾는 일이 거의 무망하다는 사실을 염두에 둘 때, 우리는 유명(幽明)을 달리한 지 오랜 그의 작품을 다시 확인하고 평가해야 할 필요성을 강렬하게 느끼게 된다. 더욱이 시대적 사조가 점차 미소하고 부분적인 것 중심으로 흘러가고, 현란한 영상문화의 물결에 밀려 문자매체의 전통적인 상상력이 고갈되어 가고 있는 마당에, 이병주식 이야기성의 회복을 통해 인문적 사고의 내면 확장과 온전한 세계관의 균형성을 확립한다는 것은 참으로 중요한 명제가 아닐 수 없다.

라. 작품 세계의 진폭과 균형 잡힌 시각

이병주의 첫 작품은 대체로 1965년에 발표된 「소설 · 알렉산드리아」로 알려져 있다. 그의 소설이 보여 주는 주제의식은 그야말로 백화난만한 화원처럼 다양하게 펼쳐져 있다. 『예낭풍물지』나 『철학적 살인』 같은 창작집에 수록되어 있는 초기 작품의 지적 실험성이 짙은 분위기와 관념적 탐색의 정신, 앞서 언급한 바와 마찬가지로 시대성과 역사 소재의 작품에서 볼 수 있는 숨겨진 사실들의 진정성에 대한 추적과 문학적 변용, 현대사회 속에서의 다기한 삶의 절목(節目)들과 그에 대한 구체적 세부의 형상력 등속을 금방이라도 나열할 수 있다.

더욱이 현대사회의 여러 현상을 주된 바탕으로 하는 작품들에서는, 천차만별의 창작 유형들을 만날 수 있다. 그리고 1980년대 이후에는 『허망의 정열』, 『그 테러리스트를 위한 만사』 등의 창작집에서 역사적 사건과 현실 생활을 연계시킨 중편이나 함축성 있는 단편들을 볼 수 있는데, 여기에까지 이르면 이미 그의 작품에 세상을 입체적으로 바라보는 원숙한 관점과 잡다한 일상사에서 초탈한 달관의 의식이 깃들어 있다.

이병주가 너무 많은 작품을 간단없이 제작해 낸 관계로, 곳곳에 비슷한 정황이 중첩되거나 중·단편의 내용이 장편의 한 부분으로 편입되어 있는 양상도 적잖이 발견된다. 이러한 측면은 정작 한 사람의 작가로서 그를 아끼고, 그와 더불어 가능할 수도 있었던 한국의 '발자크적 신화'를 아쉬워하는 이들에게 만만치 않은 안타까움을 남긴다.

그가 보다 미학적 가치와 사회사적 의의를 갖는 주제를 택하여 힘을 분산하지 아니하고 집중했더라면, 빼어난 문필력과 비슷한 유례를 찾아보기 어려운 극적인 체험들로써, 그 자신이 마력적이라고 언급한 도스토옙스키의 『죄와 벌』같은 웅장한 작품을 생산할 수도 있지 않았을까 하는 안타까움인 것이다.

그러나 이러한 안타까움과 아쉬움이 남는 것은, 그리고 그것을 쉽사리 내버리지 못하는 것은, 일부의 부정적 측면이 상존하는 채로 그의 소설 세계가 우리 문학사상 유례 드문 성취와 비교할 데 없는 분량을 자랑하고 있는 까닭에서이다. 그가 불혹의 나이에 시작하여 온 생애를 두고 구축해놓은 서사적 구조물들을 외면할 수도 없고 또 그렇게 해서도 안 된다. 지금 우리에게는 작고 사소한 허물을 덮고 크고 유다른 성과를 올곧게 평가하는 대승적 시야가 필요하다. 그래서 지금, 다시 이병주인 것이다.

2. 보이지 않는 것이 더 아름다운, 세 번째 축제

맑은 가을 하늘을 배경으로 선선한 바람에 하늘거리며 아름다운 빛깔의 조화를 이룬 꽃, 코스모스를 싫어하는 사람이 있을까? 코스모스의 어원은 희랍어의 우주, 조화란 말에서 유래했고 그 꽃말은 '소녀의 순정'이라 한다. 일찍이 영국의 시인 윌리엄 블레이크가, "한 알의 모래에서 세계를 보고 들에 핀 꽃에서 천국을 본다"고 한 그 레토릭에 가장 부합하는 꽃이 코스모스가 아닐런지?

철길이나 개천 언덕의 척박한 땅에 소수로 무리지어 피던 꽃이, 12만 평에 달하는 논밭을 넘치도록 메운 꽃천지를 이루니 그 장관은 필설로 다 형용하기 어려웠다. 가히 꽃의 바다요 꽃의 물결이라 해야 하겠는데, 원도 한도 없이 풍성한 꽃의 잔치였으되 각기의 추억 속에 애잔하고 가냘픈 자태로 각인되어 있는 코스모스의 서정은 찾기 어려웠다. 경남 하동군 북천면에 조성된 코스모스 메밀 꽃밭 축제 이야기다. 보름 정도의 기간에 80만 명이 다녀간다는 대단한 지역 행사가 되었다.

때마침 그 곳에 있는 이병주문학관에서 '2009 이병주국제문학제'를 열었다. 작가 이병주는 1921년 하동군 북천면에서 출생했고 거기서 초등학교를 다녔으며 일본으로 유학하여 메이지대학에서 수학했다. 일제의 학병으로 끌려가 소주 60사단에서 말을 돌보는 병사로 근무했고 해방 후 상해를 거쳐 귀국했다. 진주농과대학과 해인대학의 교수, 국제신보 주필 겸 편집국장 등의 직책으로 교육자 및 언론인의 길을 걸었다.

마흔네 살에 단편 「소설 · 알렉산드리아」를 쓰면서 늦깎이 작가로 문단에 나왔다. 이후 계속해서 초인적인 기억력과 필력을 자랑하면서 모두 80여 권에 달하는 작품을 남겼다. 특히 역사적 기록의 문학화에는 남다른 관심과 수발한 재능이 있어, 『관부연락선』, 『산하』, 『지리산』 등의 역사소설들은 어느 작가도 흉내 내기 어려운 걸출한 문학적 성과를 이루었다. 자기의 시대에 가장 많이 읽히는 작가였으며, 일각에서는 그를 두고 '우리 시대의 정신적 대부'란 호칭을 부가하기도 했다.

그는 한국문학에서는 드물게 보는 '문 · 사 · 철(文 · 史 · 哲)'에 두루 통하는 문필의 바탕을 갖고 있었고, 이야기의 재미와 박람강기한 입담, 폭넓은 소재와 다이내믹한 구성을 보여준 작가였다. 스스로 '역사의 기록자'라는 사명감과 자부심을 가지고 있었고 사관(史官)이요 언관(言官)으로서의 직분을 다하려 애썼다. 그가 『산하』에 에피그램으로 제시한, "태양에 바래면 역사가 되고 월광에 물들면 신화가 된다"는 문장은, 자신의 문학적 태도와 경향에 대한 기막힌 표현법의 묘를 얻은 경우이다. 이 언사(言辭)는 섬진강변 오룡정 가에 있는 그의 문학비에 새겨져 있다.

이병주문학관은 북천면 직전리에 있고 2층 건물의 아담하고 품위 있는 모양새로 그의 생애와 작품 세계를 끌어안고 있다. 문학관 마당에는 소박하고 깔끔한 외양으로 작은 문학비 하나가 또 서 있다. 거기에는 작가의 어록에서 가져온, "역사는 산맥을 기록하고 나의 문학은 골짜기를 기록한다"라는 언사가 새겨져 있다. 그에게 있어 역사는 태양 빛이요 산맥이었고 그의 문학은 달빛이요 골짜기였던 셈인데, 이는 문학 이론으로서는 '신화문학론'의 요체, 곧 상상력에 의해 재구성된 핍진한 삶의 진실을 지칭하는 것으로 된다.

북천면의 코스모스 꽃밭은 문학관 바로 턱밑까지 이르러 풍성하게 물결치고 있었다. 그 곳 현장에 한국·중국·일본·몽골·말레이시아·스웨덴·미국 등 여러 나라의 작가들이 모여 이병주 작가를 기리고 문학을 통한 서로간의 이해와 교류 및 협력에 대해 얘기했다. 문학강연회, 문학의 밤, 국제문학 심포지엄, 국제문학상 시상식, 전국학생백일장과 추모식 등 다채로운 행사들이 있었다. 문학제로서는 제8회, 국제문학제로서는 제3회에 이르니 그 연륜도 제법 깊었다.

다채로운 꽃과 싱그러운 바람의 계절 가을, 여러 나라의 문인들과 모처럼 문을 연 마음들이 함께 모인 이 축제는, 보이는 것보다 보이지 않는 것들이 훨씬 더 아름다운 자리였다. 미상불 그럴 것이다. 꽃이 꽃으로만 있다면, 자연 경관의 수려함으로만 그칠 것이 아닌가. 꽃을 사랑하고 꽃 속에서 또 그 꽃을 사랑하는 마음속에서 천국을 찾아내는 눈이 없다면, 그것이 어떻게 새롭게 세계를 인식하는 보배로운 기회가 되겠는가. 이 삽상한 가을날의 코스모스가 내게 준 작은 깨우침이다.

3. '정신적 대부'-작가 이병주, 제15회 국제문학제

1982년 봄, 제5공화국 신군부의 서슬이 시퍼런 시절이었다. 광화문 K호텔 커피숍에서 당대의 베스트셀러 작가 이병주 선생을 만나 이렇게 무모한 질문을 한 적이 있다. "선생님, 역사란 무엇입니까?" 이제 갓 대학원에 진학한 햇병아리 연구자를 물끄러미 건너다보던 선생은, 그 무심한 눈빛과 함께 무색무취한 답변을 내놓았다. "역사란 믿을 수 없는 것일세." 겉으로 표현할 수는 없었지만 실망이 컸다. 역사를 믿을 수 없는 것이라니.

당시는 문학에 있어서도 저항정신이 극대화 되어 있었고, 민족 조국 역사 등의 언사가 한껏 세력을 떨치던 시기였다. 근·현대사 소재의 장편들로 자기 세계를 이룬 작가가 역사를 신뢰할 수 없다고 말하면 도대체 어쩌자는 것인가. 그 상황에 대한 원망이 나의 이해력 부족에서 기인했음을 깨닫는 데 수년의 시간이 필요했다. 선생이 구체적 설명을 생략해버린 그 언표(言表)를 해독하는 데는 두 가지 절차가 있어야 했다. 하나는 그의 작품을 보다 깊이 읽는 것이고, 다른 하나는 문학 연구자로서 내 견식이 한층 성장하는 것이었다.

선생의 문학은 철저히 신화문학론의 바탕 위에 서 있다. 이 문학론은 인문적 상상력을 기반으로 실제로 있었던 일이 아니라 있을 수 있는 일, 곧 허구적 진실을 부양하는 데 목표를 둔다. 전쟁이 일어나 많은 사람이 죽고 엄청난 재산의 피해가 있었다고 할 때, 그 실상을 기록하는 것은 역사의 몫이다. 그러나 전쟁 중에 아들을 잃은 어머니가 있고 그 어머니의 마음이 얼마나 아프겠는가를 기록하는 것은 문학의 영역이다. 역사는 거기 발을 들여놓을 수 없다.

역사의 그물로 포획할 수 없는, 그 성긴 그물망 사이로 빠져 나가버린 치어(稚魚)와도 같은 삶의 진실을 되살려 내는 것이 문학의 책무라고 생각한다면, 선생의 간결한 답변은 자신의 문학관을 명료하게 함축한 것이었다. 그래서 그는 장편소설 『산하』의 제사(題辭)로 "태양에 바래이면 역사가 되고 월광에 물들면 신화가 된다"고 적었다. 그의 어록에는 "역사는 산맥을 기록하고 나의 문학은 골짜기를 기록한다"는 술회가 있다.

일제와 6·25동란을 거치면서 이 땅의 지식인 청년들이 겪어야 했던 좌절로서의 『관부연락선』, 해방공간에서부터 지리산으로 들어간 좌익 파르티잔의 이야기를 인본주의의 시각으로 그린 『지리산』, 그리고 제1공화국의 혼란과 억압의 시기를 한 통속적 인물의 눈을 통해 형상화한 『산하』는, 선생의 확고한 문학관을 구현한 역작들이다. 그런가 하면 조선조 말의 세태를 중인계급 혁명론자의 야심만만한 도전으로 보여주는 『바람과 구름과 비(碑)』, 우등생의 모범답안과 같은 삶을 던져버리고 자유주의 고등 룸펜의 길을 간 인물의 이야기 『행복어사전』 등은, 80여 권에 달하는 그의 소설 세계에서 상상력의 힘으로 돋보이는 작품들이다.

이병주 선생의 삶과 문학을 기념하는 이병주국제문학제가 2016년 15회를 맞아, 그의 향리였던 경남 하동에서 10월 2일부터 열렸다. 국제문학 심포지엄, 라운드테이블 토론회, 국제문학상 시상식 등의 행사가 이 지역 북천의 10만 평 야산과 논밭을 메운 코스모스 축제처럼 풍성하다. 1992년 타계 후 한동안 잊혔던 그와 그의 문학은 이렇게 다시 생전의 위력을 되찾고 있다. 그 작품들을 통독해 보면 왜 당시의 독자들이 '우리 시대의 정신적 대부'라 불렸는지 짐작할 만하다.

선생은 일찍이 자기 책상 앞에 "나폴레옹 앞에는 알프스가 있고 내 앞에는 발자크가 있다"고 써 붙였다 한다. 그래서 '한국의 발자크'라 부르는 이들도 있다. 허만 멜빌의 『모비딕』이 거의 잊혀졌다가 작가의 사후에 새로운 조명과 더불어 되살아나고 마침내 세계적인 고전이 되었듯이, 이 문학 축제 또한 그렇게 작가를 잘 살려내는 역사적 계기가 되기를 기대한다.

문학의 매혹, 또는 소설적 인간학

작가 이병주를 위한 대화

하동에 오신 소감, 그리고 지금 계신 이곳 이병주문학관에 대한 소회를 듣고 싶습니다.

하동은 예로부터 삼포지향(三抱之鄕)으로 유명한 곳이지요. 산과 강과 바다가 함께 있는 아름다운 고장을 일컫는 말인데, 지리산과 섬진강과 다도해가 이렇게 수려하게 어울려서 산자수명(山紫水明)한 풍광을 이루었습니다. 그런 연유로 하동을 찾는 발길은 늘 가슴을 설레게 합니다. 하동은 2009년 스스로를 '문학수도'라고 선언했습니다. 실록대하소설의 작가 이병주의 고향, 박경리 『토지』와 김동리의 「역마」의 무대가 된 곳, 시인 정공채와 정호승 그리고 소설가 김병총의 출생지이니 그와 같은 호명을 붙일수 있겠습니다. 그러나 더 중요하게는 하동이 이병주국제문학제와 토지문학제를 비롯한 다채로운 문학 행사를 해마다 창의적이고 지속적으로 열어나가고 있다는 사실일 것입니다.

하동군 북천면의 이명산 자락에 자리하고 있는 이곳 이병주문학관은, 조출하지만 품위 있고 규모는 소박하나 작가의 명성으로 인하여 화려한 이름을 가졌습니다. 작가 이병주는 생전에 가장 많이 독자들로부터 사랑 받고 가장 많이 읽혔던 베스트셀러의 주인공이었지요. 그의 작품세계를 잘 응축하여 방문자들과 작가를 조화롭게 만나게 하고, 그의 문학을 새롭게 인식하며, 더 나아가 문학이 일상의 삶 속에 힘 있는 조력자가 되도록 하자는 것이 이 문학관 설립의 취지입니다. 문학관 내부의 콘텐츠들과 외부의 문학비 흉상 조경 등이 모두 거기에 포커스를 맞추고 있다 할 것입니다.

이병주라는 인물이 교수님을 매혹시킨 이유는 무엇일까요.
그리고 그 매혹은 교수님에게 어떤 영향을 미쳤습니까.

고등학교 시절부터 이병주 소설을 열심히 읽었습니다. 제가 이병주 기념사업의 실무 책임을 맡고 있다 보니, 잘 모르는 분들이 작가와 무슨 관련이 있지 않나 생각하곤 합니다. 관련이 있지요. 그 소설을 탐독한 원죄(?)가 있는 것이지요. 이병주 소설의 박람강기한 이야기, 다이내믹하고 드라마틱한 사건 구조, 호활하면서도 치열한 주제의식 등이 아직 어린 독자였던 저를 매혹시켰습니다. 제게는 쉽게 넘을 수 없는 큰 산처럼 인식되던 작가였지요. 대학원 석사과정 초기에 학교 잡지의 원고청탁을 하며 이 분을 처음 뵈었습니다. 그 자리에서 매우 무모한 질문을 던졌었지요.

"선생님, 역사란 무엇입니까?"

불세출의 역사소설 작가에게 '역사'를 물었으니, 반드시 민족 조국 등의 수식어를 동반한 거창한 답변을 기대한 것이었지요. 그러나 작가의 대답은 매우 짧고 간결했습니다.

"역사란 믿을 수 없는 것일세."

어린 나이에, 이처럼 기상천외한 답변을 듣고 더 이상 질문할 엄두를 내지 못했어요. 갑자기 무슨 배신을 당한 듯한 기분이 들었습니다. 하지만 그때는 알지 못했지요. 선생의 그 말씀이 무엇을 뜻하는지를. 나중에 박사과정에 이르러 문예이론으로서 신화문학론을 공부하면서 비로소 선생의 뜻을 알아차릴 수 있었습니다. 기록된 사실로서의 역사는, 그 시대를 살았던 사람들의 삶이 그 내면에 어떤 진실을 숨기고 있는지 모두 기록할 수 없다는 의미였습니다. 그래서 선생은 장편 『산하』의 에피그램으로 "태양에 바래지면 역사가 되고 월광에 물들면 신화가 된다"고 적었어요. 그의 어록에는 "역사는 산맥을 기록하고 나의 문학은 골짜기를 기록한다"고 했는데, 이 레토릭은 문학관 측면의 문학비에 그대로 새겨져 있습니다.

이병주 소설에의 매혹은, 저를 문학의 활달한 서사세계로 이끄는 힘이 되었습니다. 제가 초·중·고 시절에는 시와 시조를 썼는데, 나중에 본격적으로 문학공부를 하면서 서사이론과 소설론에 집중하게 된 것은 아마도 이병주 선생의 영향이 아니었을까 생각합니다.

인간 이병주 선생을 요약해서 어떻게 말할 수 있을까요?

작가 이병주는 '한국의 발자크'라 말할 수 있을 것입니다. 그는 학생시절부터 도스토옙스키에 매료되었고 발자크와 같은 작가를 꿈꾸었습니다. 작가가 되지 않았다 하더라도 그 소설세계를 자기 인식의 지근거리에 두고 사는 일은 양보하지 않았을 것입니다. 빼어난 문필을 자랑하는 언론인의 길을 걷다가 필화사건으로 복역을 하고, 그 이후에 작가의 길을 걷게 되었지요. 그로부터 사상가 수준의 작가 도스토옙스키, 서구 리얼리즘의 대가 발자크는 작가에게 예인등대의 불빛과도 같지 않았을까요?

이병주 선생을 다시 요약하여 말하면 '실록대하소설 작가'라 할 수 있겠지요. 한국 근대사 3부작에 해당하는『관부연락선』,『지리산』,『산하』가 그러하고 역사소설『바람과 구름과 비(碑)』가 그러하며 세태풍속소설『행복어사전』또한 그러합니다. 이렇게 긴 호흡의 대하소설을 유장하게 풀어나가는 데 능숙하다면 타고난 이야기꾼이 아닐 수 없습니다. 그 가운데 명멸하는 수많은 인간 군상, 꼬리를 이어 연계되고 또 소멸하는 사건들, 그 구체적 세부들이 하나의 꿰미로 엮어져서 산출하는 이야기의 재미, 그 가운데서 표출되는 인생에 대한 경륜과 교훈이 장대한 파노라마를 이루는 자리, 거기가 이병주 소설의 입지점입니다.

하동과 지리산이라는 지역과 이병주 선생의 문학은
어떤 상관관계가 있다고 보십니까.

우선 이병주의 대표작을 들라 하면 어느 누구도『지리산』을 거론하기를 주저하지 않을 것입니다. 지명이 작품명이 되고 그 작품이 80여 권의 소설을 남긴 작가의 대표작이 된 형국이지요. 그만큼 지리산은, 그리고 지리산 산자락에 둥지를 틀고 있는 하동이라는 고장은 작가 이병주와 불가분의 관계에 있다 하겠습니다. 이 관계를 역으로 거슬러 보면 지리산의 정기를 받고 하동에 태를 묻으며 태어났기에, 그 지역적 환경을 바탕으로 대표작을 쓸 수 있었다 할 것입니다.

이병주 소설에 자주 등장하는 H읍은 하동읍이요 J시는 진주시이며 P시는 부산시입니다. 이 고향과 성장지들이 그의 소설을 부양하는 배경이 됩니다. 단순한 지리적 배경을 넘어서, 삶의 목표와 세상살이의 이치를 깨우쳐 준 어머니의 땅이라 하겠지요.

이병주 선생의 대표작 『지리산』을 독자들에게 소개해주신다면?
그리고 『지리산』 외에 개인적으로 독자들에게 일독을 권하고 싶은
이병주 선생의 문학을 더 선택해주신다면 무엇이 있을까요,
또 그 이유는 무엇일까요?

지리산이 분량이 많은 대하장편이어서 대표작인 것이 아니고, 현대사 격동기의 좌익 파르티잔, 곧 지리산으로 들어간 빨치산 문제를 다루고 있다고 해서 주목받는 것이 아닙니다. 그 곤고하고 핍진한 이야기의 굴곡, 소설의 골짜기에 숨어 있는 월광에 바랜 이야기들이 인간사의 숨은 진실을 드러내주고 있기 때문입니다. 조정래의 『태백산맥』이 경제사회적 관점에서 빨치산을 조명했다면, 이병주의 『지리산』은 철저하게 인본주의요 인간중심주의의 관점에서 그들을 그렸습니다. 좌익 투쟁주의자 이전에 인간이었던 그들의 상황과 고뇌, 외로움과 아픔을 절박한 이야기의 문면에 담았습니다. 소설의 힘 있는 감동은 거기서 솟아나는 것이지요.

이병주에게는 너무도 많은 주목할 만한 소설과 에세이들이 있지만, 『지리산』 다음으로 권유하라면 두 작품을 말하고 싶습니다. 하나는 역시 역사 소재의 작품으로 조선조 말기 한 중인계급의 혁명가가 새로운 나라의 건설을 도모하는 『바람과 구름과 비(碑)』이고, 다른 하나는 우리 시대의 지식인 룸펜이 우등생의 모범답안을 버리고 일상의 뒷골목에서 지적 유희를 추구하는 『행복어사전』입니다. 전자는 오늘의 우리 작가와 독자들에게 인문주의의 기개와 포부를 되살려 줄 수 있고, 후자는 범상한 삶 가운데서 잡다한 지식과 사고의 활동이 어떻게 그 보람을 다할 수 있는지를 증거해 줄 것이기 때문에 그렇습니다.

문학평론가로서 만약 이병주 선생과 지금 직접 만나시게 된다면, 무엇에 관해 질문을 하고 싶으십니까? 그리고 선생은 어떤 대답을 하실까요?

처음 선생을 만났을 때 던졌던 우매한 질문을 다시 되풀이 할지도 모릅니다. 같은 질문이요 답변이라 할지라도 세월이 흐르고 시대가 달라지면 그 함의나 뜻의 깊이가 달라지게 마련이거든요. 그러나 정작 그런 기회가 주어진다면 한 걸음 더 앞으로 나가야겠지요. 우선 신화문학론적 세계관이 아닌 다른 문학적 시각에 대해서는 어떻게 생각하는지를 묻겠습니다. 다른 유형의, 이를테면 형식실험에 해당하는 모더니즘적 작품을 어떻게 보느냐는 것인데, 아마도 작가는 그에 관련된 해박한 지식을 풀어놓을 가능성이 많습니다. 정작 자신의 작품세계는 별개로 해 둔 채 말이지요.

하나 더 묻는다면, 역사소설 이후 현대사회의 애정 문제를 다룬 작품들을 많은 분량으로 쓰면서 너무 동어반복적이거나 미학적 가치를 도외시한 혐의가 있지 않은가를 말할 것입니다. 아마도 작가는 고개를 주억거릴지도 몰라요. 그것을 수긍하지 않으면 그로 인해 작품세계 전반이 함께 평가절하 되는 형국이라고 우길 참이거든요. 그런데 아마도 작가는, 거기에 뒤이어 이렇게 말할 수 있어요. "김 군, 내가 세상을 살다보니 인생에 있어 온전히 확고한 정답이란 없더구만. 너무 그렇게 날을 세우지 말게." 그 포괄적 유연성을 아마도 나는 넘어서기 어려울 것입니다.

이병주 선생의 문학 중 하동과 관련된, 의미 있는 구절이나 부분을 함께 소개해주신다면?

장편소설 『산하』로 기억하는데요, 이렇게 기가 막힌 구절이 본문 중에 나옵니다. "정을 두고 떠날 때 산하의 그 아름다움이란!" 체험적이고 과거사적인 언사이지만, 겪어보지 않고서도 그 절절한 의미의 바닥을 두드려 볼 수 있을 것 같은 표현이 아닐런지요. 이제 이 땅을 떠난 지 25여 년에 이른 대작가를 추모하는 이러한 말과 글들이, 정말 그를 잘 드러내고 그의 작품이 가진 가치를 올바르게 적출할 수 있겠는지 걱정이 됩니다. 이는 또한 한 사람의 문학평론가로서 제가 늘 가지고 있는 자의식이요 경각심이기도 합니다.

3 ‖ 장

연보 및 연구서지

작가 및 작품 연보*

■ 이병주 생애 연보

1921년	3월 16일 - 경남 하동군 북천면 옥정리 안남골에서 출생 (1992년 4월 3일 타계) 부친 이세식(李世植), 모친 김수조(金守祚) 호적과 학적부에는 1920년 3월 16일생인 것으로 기재돼 있음
1927년	4월 - 하동군 북천면 북천공립보통학교 입학한 것으로 추정 이때를 전후해 이세식 일가는 옥정리 남포마을로 분가한 것으로 추정
1931년	3월 - 북천공립보통학교 4년 과정 수료 4월 1일 - 하동군 양보면 양보공립보통학교 입학(5학년)

---

* 이 연보는 『작가의 탄생』을 쓴 정범준 작가가 정리한 것을 이병주 문학 연구자 노현주 박사가 보완한 것임.

1933년	3월 20일 – 양보공립보통학교 6학년 과정 졸업 이후 3년 동안 독학. 이병주가 진학을 원했던 학교는 진주공립고등보통학교였으나 부친 이세식은 진주농업학교 진학을 권유, 부자간의 의견 불일치와 가정 형편 등으로 진학이 지연된 것으로 추정
1936년	4월 6일 – 진주공립농업학교(5년제) 입학
1940년	3월 31일 진주공립농업학교에서 퇴학당함. 4년 과정 수료 미상 – 이후 일본 교토로 건너가 전검(專檢)시험 응시, 합격 교토3고 등에 입학했다가 퇴학당한 것으로 추정
1941년	4월 – 메이지대학 전문부 문과 문예과 입학
1943년	8월 20일 고성군 이용호(李龍浩)의 장녀 점휘(點輝)와 결혼 9월 – 메이지대학 전문부 문과 문예과 졸업 10월 20일 – 조선인 학도지원병제도 실시 12월 말 – 경성제국대학 동숭동 교사에서 연성(練成) 훈련을 받음
1944년	1월 20일 – 대구 소재의 일본 제20사단 제80연대 입대 미상 – 중국 쑤저우에 배치됨
1945년	정월 무렵 – 파상풍으로 오른손 중지 한 마디를 절단한 것으로 추정 8월 15일 – 일제 패망 9월 1일 – 현지 제대, 이후 상해에서 체류 미상 – 희곡 '유맹 – 나라를 잃은 사람들' 집필
1946년	3월 3일 혹은 8일 – 부산으로 귀국한 것으로 추정 　　　　　　　　귀국 시점이 2월말일 가능성도 있음 9월 15일 – 모교인 진주농림중학교 교사로 발령됨
1947년	9월 30일 – 장남 권기(權基) 출생
1948년	10월 1일 – 진주농과대학(현 경상대) 강사로 발령됨, 진주농림중학교 교사직과 겸임 10월 20일 – 진주농과대학 정식 개교

1949년	10월 – 개교 1주년 기념연극으로 오스카 와일드의 '살로메' 연출 11월 21일 – 진주농과대학 조교수 발령을 받음 12월 20일 – 진주농림중학교 교사직을 사임
1950년	6 · 25전쟁 발발 7월 31일 – 진주 함락 8월 1일 – 아내와 자녀를 데리고 처가가 있는 고성군 고성읍 덕선리로 피신 8월 12일 – 인민군, 덕선리에 출현 8월 13일 혹은 14일 – 인민군, 고성 점령 8월 20일 – 가족은 남겨둔 채 고성 덕선리에서 출발, 하동의 부모에게 가기로 함 8월 21일 – 정치보위부에 체포됨 미상 – 친구 권달현의 도움으로 정치보위부에서 풀려남, 이후 진주시 집현면에서 20여일 가량 피신 9월 26일(한가위) – 문예선전대 이동연극단을 이끌고 전선으로 출발 9월 28일 – 진주 수복 9월 29일(음 8.18) – 인민군 퇴각으로 이동연극단 해산 9월 30일 – 진주농과대학 조교수직 사임 미상 – 이후 잠시 고향에 머물다 부산으로 감 미상 – 부역 문제로 진주에 들러 자수, 불기소처분을 받음, 다시 부산으로 감 12월 날짜 미상 – 부산에서 미군 CIC(방첩대) 요원에게 체포됨 12월 31일 – 불기소처분으로 풀려남
1951년	1월 – 하동으로 돌아와 가업인 양조장 일을 돌보기 시작함 5월 – 승려로 출가하기 위해 해인사로 들어감, 이후 반(半) 승려생활을 하며 독서와 음주로 소일

1952년	3월 25일 – '최범술의 국민대학'이 해인사 경내로 교사를 이전함 4월 23일 – '최범술의 국민대학', 교명을 해인대학으로 변경 5월 – 해인대학측의 요청에 의해 강사 생활을 시작한 것으로 추정 7월 13일 – 빨치산이 해인사를 습격함, 빨치산에 끌려갔다가 친구의 도움으로 하루만에 탈출에 성공, 이후 진주로 거주지를 이전 8월 20일 – 해인대학, 경남 진주시 강남동으로 이전
1953년	1월경 – 해인대학 분규 발생. 최범술파와 그 반대파로 나눠져 반목이 일어남. 이병주는 반대파를 지지하며 강의를 계속
1954년	4월 25일 – 이용조(李龍祚), 해인대학 학장 직무대리에 취임. 해인대학 분규가 일단락됨. 5월 20일 – 하동군에서 제3대 민의원 선거에 출마, 3위로 낙선
1956년	4월 21일 – 해인대학, 마산시 완월동으로 이전 미상 – 이때를 전후해 이병주도 마산으로 거주지 이전
1957년	8월 1일 – 부산일보에 '내일 없는 그날' 연재 시작(종료 1958년 2월 25일)
1958년	1월 – 해인대학 교내신문《해인대학보》주간 교수 11월 5일 – 국제신보 상임논설위원으로 발령됨, 교수직을 미처 정리하지 못하고 겸임하다가 이 해 말이나 이듬해 교수직을 사임한 것으로 추정됨
1959년	3월 –《내일 없는 그날》출간 미상 – '내일 없는 그날', 동명의 영화로 제작됨 7월 1일 – 국제신보 주필로 발령됨 7월 17일 – 국제신보가 주관한 기념식에서 시민 수십명이 압사하는 참사 발생, 사과문과 관련 사설을 여러 차례 실어 위기를 타개 7월 31일 – 부친 이세식 타계 9월 25일 – 편집국장 겸직 11월 – 월간《문학》에 희곡 '유맹'(상) 발표 12월 – 월간《문학》에 희곡 '유맹'(중) 발표(종료 월호 미상)

1960년	1월 21일 – 박정희, 부산군수기지 사령관에 취임 미상 – 부산 · 경남 지역 기관장회의에서 박정희와 처음으로 술자리를 가짐 4월 중순 – 박정희와 두 번째 술자리를 가짐. 이후 박정희와 몇 차례 더 만남 7월 29일 – 제5대 국회의원 선거에 출마(하동군), 3위로 낙선 12월 15일 – 박정희, 대구 제2군 부사령관에 취임 12월 – 월간《새벽》에 논설 '조국의 부재' 발표
1961년	1월 1일 – 국제신보에 '통일에 민족역량을 총집결하자'라는 연두사 게재 5월 16일 – 쿠데타 발발 5월 20일 – 쿠데타 세력에 의해 체포됨 7월 2일 – 이 날 국제신보 석간부터 '주필 겸 편집국장 이병주'란 이름이 사라짐 11월 29일 – 혁명검찰부, 이병주에게 징역 15년 구형 12월 7일 – 혁명재판부, 이병주에게 징역 10년형 선고
1962년	2월 2일 – 이병주의 변호인단이 제출한 상소가 기각됨, 10년형 확정 미상 – 부산교도소로 이감
1963년	12월 16일 – 특사로 부산교도소에서 출감 미상 – 상경. 이후 폴리에틸렌 사업을 시작하며 사업가로 활동
1965년	2월 1일 – 국제신보 논설위원 취임 6월 –《세대》에 중편 '소설 · 알렉산드리아' 발표
1966년	3월 –《신동아》에 단편 '매화나무의 인과' 발표(후에 '천망'으로 개제) 3월 31일 – 김현옥 서울시장 취임. 이때를 전후해 신한건재를 설립한 것으로 추정

	8월 15일 – 서울시, 서대문구 남가좌동에 조립식주택 500동 건설 공사에 착수 12월 – 장비부족 · 정지공사 지연 등의 이유에 따라 조립식주택 건설 공사가 중지됨. 이때를 전후해 신한건재 경영에 실패한 것으로 추정
1967년	2월 28일 – 국제신보 논설위원직에서 사퇴
1968년	1월 1일 – 국제신보 서울 주재 논설위원 4월 – 월간중앙에 관부연락선 연재 시작(종료 1970년 3월) 7월 2일 – 경남매일신문에 '돌아보지 말라' 연재 시작(종료 1969년 1월 22일) 7월 30일 – 국제신보 서울 주재 논설위원 사퇴 8월 – 《현대문학》에 단편 '마술사' 발표 10월 – 아폴로사 설립. 초기 3부작을 묶어 소설집《마술사》출간
1973년	서울신문 순회특파원.
1977년	장편 『낙엽』과 중편 「망명의 늪」으로 한국문학작가상과 한국창작문학상 수상.
1981년	부산일보 논설위원.
1982년	12월 – 단편 『삐에로와 국화』가 영화로 제작되어 개봉.
1984년	장편 『비창』으로 한국펜문학상 수상.
1985년	영남 문우회 회장.
1989년	장편 『바람과 구름과 비』가 KBS드라마로 방영.
1990년	『신경남일보』의 명예 주필 겸 뉴욕지사장 발령으로 뉴욕으로 출국.
1991년	장편 『행복어사전』이 MBC드라마로 방영. 건강 악화로 서울대학교 부속병원에 입원, 폐암 선고를 받음.
1992년	4월 3일 – 지병으로 타계.

■ 이병주 작품 연보 및 목록

'*' 표시를 한 것은 발표 연대 혹은 연재 기간을 정확하게 파악하지 못한 작품이나 에세이다.

단편 소설 (발표 연대순)

- 「소설 알렉산드리아」, 『세대』, 1965년 6월
- 「매화나무의 인과(因果)」, 『신동아』, 1966년 3월
- 「마술사」, 『현대문학』, 1968년 8월
- 「쥘부채」, 『세대』, 1969년 12월
- 「패자의 관(冠)」, 『정경연구』, 1971년 7월
- 「예낭풍물지」, 『세대』, 1972년 5월
- 「목격자?」, 『신동아』, 1972년 6월
- 「초록(草綠)」, 『여성동아』, 1972년 7월
- 「변명」, 『문학사상』, 1972년 12월
- *「미스산(山)」, 『선데이서울』, 1973년
- 「겨울밤-어느 황제의 회상」, 『문학사상』, 1974년 10월
- 「칸나 X 타나토스」, 『문학사상』, 1974년 10월
- *「제4막」, 『주간조선』, 1975년
- 「중랑교」, 『소설문예』, 1975년 7월
- 「내 마음은 돌이 아니다」, 『한국문학』, 1975년 10월
- 「여사록」, 『현대문학』, 1976년 1월
- 「철학적 살인」, 『한국문학』, 1976년 5월
- 「만도린이 있는 풍경」, 『한전』(한국전력 사보), 1976년 6월
- 「이사벨라의 행방」, 『뿌리깊은나무』, 1976년 7월

- 「망명의 늪」, 『한국문학』, 1976년 9월
- 「수선화를 닮은 여인」, 『한전』(한국전력 사보), 1976년 12월
- *「유리빛 목장에서 별을 삼키다」, 『동아문화』, 1977년
- 「정학준」, 『한국문학』, 1977년 5월
- 「삐에로와 국화」, 『한국문학』, 1977년 9월
- 「계절은 그때 끝났다」, 『한국문학』, 1978년 5월
- 「추풍사」, 『한국문학』, 1978년 11월
- 「어느 독신녀」, 『화랑(畫廊)』, 1979년 봄
- 「서울은 천국(天國)」, 『한국문학』, 1979년 3월
- 「세우지 않은 비명(碑銘)」, 『한국문학』, 1980년 6월
- 「8월의 사상」, 『한국문학』, 1980년 11월
- 「피려다만 꽃」, 『소설문학』, 1981년 3월
- 「거년(去年)의 곡(曲)」, 『월간조선』, 1981년 11월
- 「허망의 정열」, 『한국문학』, 1981년 11월
- 「빈영출」, 『현대문학』, 1982년 2월
- 「세르게이 홍(洪)」, 『주간조선』, 1982년 6월 27일
- 「그 테러리스트를 위한 만사(輓詞)」, 『한국문학』, 1983년 1월
- 「우아한 집념」, 『문학사상』, 1983년 3월
- 「박사상회」, 『현대문학』, 1983년 9월
- 「백로선생」, 『한국문학』, 1983년 11월
- 「강기완」, 『소설문학』, 1984년 12월
- 「어느 낙일」, 『동서문학』, 1986년 4월
- *「산무덤」, 『한국문학』, 1986년
- *「바둑이」, 「아무도 모르는 가을」 등

에세이 · 논설 (잡지 · 사보)

여러 잡지나 사보에 실린 이병주의 글은 다 찾아 읽기가 불가능할 만큼 방대하다. 우선은 글의 제목이나 소재 등으로 판단해 그의 삶을 드러내리라 짐작되는 글을 골라 읽었고, 특히『작가의 탄생』을 서술하는 데 있어 필수적으로라고 판단되는 글은 빠짐없이 읽고 아래에 수록했다. 하지만 여기에 수록하지 못한 글도 많이 있다.

- '비봉산정의 정자나무가 말하여 줄 진주의 영화와 수난', 『신천지』, 1954년 5월
- '나의 생활백서', 『신생활』, 1960년 2월(창간호)
- '조국의 부재', 『새벽』, 1960년 12월
- '기자근성망국론시비', 『제지계』, 1966년 2월
- '칼럼 칼럼리스트', 『세대』, 1968년 4월
- '나의 영원한 여인, 알렉산드리아의 사라 안젤', 『주간조선』, 1968년 11월 10일
- '한글전용에 관한 관견(管見)', 『창작과비평』, 1968년 겨울
- '70년대를 맞는 우리의 자세', 『지방행정』, 1969년 9월
- '라이벌로서의 친구', 『샘터』, 1970년 6월
- '유모어론 서설(序說)', 『신동아』, 1970년 7월
- '선택의 자유를 위한 추구', 『서울여대』, 1970년 12월
- '한국여성의 유행감각', 『세대』, 1971년 10월
- '학처럼 살다간 김수영에게', 『세대』, 1971년 12월
- '이민은 조국의 확대다', 『여성동아』, 1972년 1월
- '유모어론', 『공군』, 1973년 3월
- '문화에 5개년 계획은 가능한가', 『월간중앙』, 1973년 12월
- '자연과 인정으로 향수 느껴', 『영우구락부』(영우구락부 회지), 1974년 2월

- '정의의 여우(女優) : 베르나르', 『주부생활』, 1974년 6월
- '한 · 일 양국의 젊은 세대에게', 『북한』, 1974년 8월
- '석달 만에 엮어낸 편지', 『잊을 수 없는 연인-러브스토리』(여성동아 별책부록), 1974
  년 10월
- '어중재비 기론(棋論)', 『바둑』, 1975년 7월
- '관제반공문학의 청산', 『신동아』, 1975년 8월
- '숙명을 거역하지 못한 일본의 이카로스', 『독서생활』, 1976년 6월
- '곡선의 교양', 『샘터』, 1976년 6월
- '세대차에 나타난 직업의식', 『기업경영』, 1976년 8월
- '연애론을 쓸 자격이 없다', 『여학생』, 1976년 9월
- '후광(後光)을 띤 우장춘 박사:잊을 수 없는 사람', 『현대인』, 1976년 11월
- '영 · 독 · 불어만은 기어이', 『동서문화』, 1977년 3월
- '그리운 마음과 웃는 얼굴', 『새농민』, 1977년 4월
- '여자는 신비, 성모(聖母) 같으며 창부(娼婦) 같은 눈짓', 『현대여성』, 1977년 4월
- '판자집과 호화주택', 『건설』, 1977년 11~12월
- '레니에의 「샴펜과 위스키」', 『문예진흥』, 1978년 1월
- '주택행정과 K시장', 『건설』, 1978년 1월
- '편리주의의 극복', 『건설』, 1978년 2월
- '소녀의 세계', 『동서문화』, 1978년 2월
- '못다한 사랑의 낙서', 『나나』, 1978월 2월
- '문학과 철학의 영원한 주제', 『샘터』, 1978년 3월
- '낮과 밤을 바꾸어 산다', 『샘터』, 1978년 11월
- '정치열풍의 현장에서', 『신동아』, 1979년 7월
- '나의 비열이 사람을 죽였다', 『샘터』, 1979년 8월
- '한스 카롯사의 「루마니아 일기」', 『간호』, 1979년 10월
- '정말 쓰고 싶은 것을…', 『월간독서』, 1980년 2월

- '진주농림학교 시절에', 『중학시대』, 1980년 12월

- '습작시절', 『소설문학』, 1981년 1월

- '직업의식 이상의 양심', 『의학동인』, 1981년 5월

- '좋은 직업근성이 밝은 사회를 만든다', 『정화』, 1981년 6월

- '에로스로서의 性, 그 불변하는 영원', 『월간조선』, 1981년 10월

- '나의 문학 나의 불교', 『불광(佛光)』, 1981년 12월

- '소설 · 알렉산드리아의 사라 안젤에게', 『소설문학』, 1982년 1월

- '문학의 이념과 방향', 『불광(佛光)』, 1983년 2월

- '용인 포곡에 전개된 위대한 포부의 현장', 『삼성물산』, 1983년 4월

- '내 정신의 승리, 알렉산드리아', 『소설문학』, 1983년 9월

- '나의 인생은 로맨스', 『멋』, 1983년 10월

- '진주, 어제와 오늘', 『도시문제』, 1983년 11월

- '여러분 스스로가 행운이 되라', 『개척자』(21집), 1984년

- '당신은 친구가 있는가-권달현', 『샘터』, 1984년 4월

- '동의보감의 의성(醫聖) 허준', 『기업경영』, 1984년 5월

- '섬세한 무늬속에 불타는 애정', 『편지』, 1984년 5월

- '작가가 본 한국기업과 경영자상', 『경영계』, 1984년 7월

- '실록 상해임시정부', 『월간조선』, 1984년 8월

- '5 여유론', 『사보조공』, 1984년 9월

- '가을의 정회', 『대한생명』, 1984년 10월

- '내가 본 박생광', 『미술세계』, 1984년 10월

- '소설창작법', 『문예진흥』, 1984년 10월(격월간)

- '술과 인생', 『안녕하십니까』(한일약품공업 사보), 1984년 10월, 11월

- '청기탁기(淸棋濁棋)', 『바둑』, 1984년 11월

- '파리현지취재 : 소설구성 김형욱 최후의 날', 『신동아』, 1985년 2월

- '역사상의 경제인과 오늘의 경제인상', 『경영계』, 1985년 4월

- '5·16혁명 『공약(空約)』', 『월간조선』, 1985년 5월

- '독서하는 방법', 『출판문화』, 1985년 5월
- '다함께 해야 할 일', 『가정과 에너지』, 1986년 1월
- '최은희의 탈출에 붙여', 『정경문화』, 1986년 4월
- '지리산 남에 펼쳐진 섬진강 포구', 『한국인』, 1987년 10월
- '문학이란 사랑을 찾는 노력', 『동서문학』, 1988년 1월
- '회상을 곁들여', 『보건세계』, 1988년 10월
- '로프신의 「창백한 말」', 『팬팔저널』, 1988년 10월
- '지리산 단장(斷章)', 『문학과비평』, 1988년 겨울

중·장편 소설 연재 (발표연대순)

잡지 연재소설

- 「관부연락선」, 『월간중앙』, 1968년 4월 1970년 3월
- 「망향」, 『새농민』, 1970년 5월 1971년 12월
- 「언제나 그 은하를」, 『주간여성』, 1972년 1월 5일 1972년 2월 27일
- 「지리산」, 『세대』, 1972년 9월 1977년 8월
- 「망각의 화원」, 『현대여성』, 1972년 11월 1973년 2월(4회)
  ※잡지 휴간으로 연재중간 추정, 이후 「인과의 화원」으로 개제하여 『법륜』에 재
    연재
- 「낙엽」, 『한국문학』, 1974년 1월 1975년 12월

- 「산하」, 『신동아』, 1974년 1월~1979년 8월(68회)

- 「행복어사전」, 『문학사상』, 1976년 4월~1982년 9월

- 「소설 조선공산당」, 『북한』, 1976년 6월~1977년 7월 ※미완

- 「인과의 화원」, 『법륜』, 1978년 2월~1979년 10월

- 「꽃의 이름을 물었더니」, 『새시대』, 1979년 9월9일~1979년 10월 28일
  ※잡지 폐간으로 연재중단 추정. 이후 동명소설 출간

- 「황백의 문」, 『신동아』, 1979년 9월~1982년 8월(34회)

- 「황혼의 시」, 『소설문학』, 1981년 8월~1982년 7월

- 「소설 이용구」, 『문학사상』, 1983년 8월~9월

- 「팔만대장경」, 『불교사상』, 1983년 12월~1984년 7월

- 「약과 독」, 『재경춘추』, 1984년 10월~1985년 3월

- 「니르바나의 꽃」, 『문학사상』, 1985년 1월~1987년 2월

- 「소설장자」, 『월간경향』 1986년 11월~1987년 1월
  ※중편임. 장편 단행본과는 내용이 다름

- 「그해 5월」, 『신동아』, 1982년 9월~1988년 8월(69회)

- 「남로당」, 『월간조선』, 1984년 12월~1987년 8월(33회)

- 「명의열전 · 편작」, 『건강시대』, 1986년 1월~1986년 3월

- 「소설 허균」, 『사담(史談)』, 1986년 4월~1988년 2월
  ※잡지 폐간으로 연재중단 추정. 이후 동명소설 출간

- 「그들의 향연」, 『한국문학』, 1986년 7월~1987년 10월
  ※연재중단, 이유 불명

- 「어느 인생」, 『동녘』, 1988년 4월~1989년 3월
  ※잡지 폐간으로 연재중단 추정.

- 「별이 차가운 밤이면」, 『민족과문학』, 1989년 겨울호~1992년 봄호
  ※타계로 연재 중단

신문 연재소설

- 「내일 없는 그날」, 『부산일보』, 1957년 8월 1일~1958년 2월 25일(206회)
  ※동명소설 출간

- 「돌아보지 말라」, 『경남매일신문』, 1968년 7월 2일~1969년 1월 22일(170회)

- 「배신의 강」, 『부산일보』, 1970년 1월 1일~1970년 12월 30일(307회)
  ※동명소설 출간

- 「허상과 장미」, 『경향신문』, 1970년 5월 1일~1971년 2월 28일(257회)
  ※동명소설 출간

- 「화원의 사상」, 『국제신문』, 1971년 6월 2일~1971년 12월 30일(182회)
  ※『낙엽』, 『달빛 서울』로 개제(改題) 출간

- 「여인의 백야」, 『부산일보』, 1972년 11월 1일~1973년 10월 31일(309회)
  ※동명소설 출간, 이후 『꽃이 핀 여인의 그늘에서』로 개제 출간

- 「그림 속의 승자」, 『서울신문』, 1975년 6월 2일~1976년 7월 31일(358회)
  ※『서울 버마재비』로 개제 출간

- 「바람과 구름과 비(碑)」, 『조선일보』, 1977년 2월 12일~1980년 12월 31일(1194회)
  ※동명소설 출간

- 「별과 꽃과의 향연」, 『영남일보』, 1979년 1월 1일~1979년 12월 29일(294회)
  『대전일보』, 1979년 1월 16일~1980년 1월 10일(294회)
  『제주신문』, 1979년 5월 7일~1980년 4월 18일(294회)

  ※『풍설』, 『운명의 덫』으로 개제 출간

- 「유성의 부」, 『한국일보』, 1981년 2월 10일~1982년 7월 2일(424회)
  ※동명소설 출간

- 「미완의 극(劇)」, 『중앙일보, 1981년 3월 2일~1982년 3월 31일(329회)
  ※동명소설 출간

- 「무지개 연구」, 『동아일보』, 1982년 4월 1일~1983년 7월 30일(410회)

※동명소설 출간, 이후 『무지개 사냥』, 『타인의 숲』으로 개제 출간

- 〈화(和)〉의 의미」, 『매일신문』, 1983년 1월 1일~1983년 12월 30일(308회)
　　※『비창』으로 개제 출간
- 「서울 1984」, 『경향신문』, 1984년 1월 1일~1984년 7월 31일(179회)
　　※『한국문학』에 「그들의 향연」이란 제목으로 개제되어 연재. 이후 『그들의 향연』
　　　단행본 출간
- 〈그〉를 버린 여인」, 『매일경제신문』, 1988년 3월 24일~1990년 3월 31일(622회)
　　※동명소설 출간
- 「정몽주」, 『서울신문』, 1989년 1월 1일~1989년 3월 31일(74회)
　　※『포은 정몽주』로 개제 · 개작 출간
- 「아아! 그들의 청춘」, 『신경남일보』, 1989년 12월 28일~1991년 2월 18일
　　※『관부연락선』을 제목만 바꿔 다시 연재한 것임

단행본 (출판 연대순)

초판 기준이다. 전집류, 문고판 등에 속하는 것은 수록하지 않았다. 누락된 판본은 꽤 있을 수 있겠지만 작품 자체가 빠진 것은 거의 없을 줄 안다.

장편소설

- 『내일 없는 그날』, 국제신보사, 1959년 3월

- 『관부연락선』(I · II), 신구문화사, 1972년 4월
- 『망향』, 경미문화사, 1978년 5월
- 『허상과 장미』, 범우사, 1978년 12월
- 『여인의 백야』(상 · 하), 문음사, 1979년 4월
- 『언제나 그 은하를』, 백제, 1979년 1월

  늑『여인의 백야 : 언제나 그 은하를』
- 『낙엽』, 태창문화사, 1978년 2월

  = 연재소설 '화원의 사상'
- 『배신의 강』(상 · 하), 범우사, 1979년 12월
- 『역성(歷城)의 풍(風), 화산(華山)의 월(月)』, 신기원사, 1980년 5월

  = '세우지 않은 비명(碑銘)'
- 『인과의 화원』, 형성사, 1980년 2월
- 『코스모스 시첩(詩帖)』, 어문각, 1980년 3월
- 재출간『관부연락선』(상 · 하), 기린원, 1980년 3월
- 『행복어사전』(1 · 2부), 문학사상사, 1980년 5 6월
- 『행복어사전』(3부), 문학사상사, 1980년 8월
- 『서울 버마재비』(상 · 하), 집현전, 1981년 1월

  =연재소설 '그림속의 승자'
- 『행복어사전』(4부), 문학사상사, 1981년 5월
- 『풍설』(상 · 하), 문음사, 1981년 6월

  =연재소설 '별과 꽃과의 향연'
- 『행복어사전』(5부), 문학사상사, 1981년 7월
- 『당신의 성좌』, 주우, 1981년 9월
- 『황백의 문』(1부), 동아일보사, 1981년 9월
- 『허드슨강이 말하는 강변이야기』, 국문, 1982년 1월
- 완간『행복어사전』(6부), 문학사상사, 1982년 9월

- 미완 『무지개 연구』(1부), 두레, 1982년 12월

- 『미완의 극』(상·하), 소설문학사, 1982년 12월

- 『황백의 문』(2부), 동아일보사, 1983년 8월

- 『비창』, 문예출판사, 1984년 2월

- 『당신의 뜻대로 하옵소서』, 대학문화사 1983년 4월

- 『바람과 구름과 비(碑)』(1-9), 한국교육출판공사, 1984년 9월

- 『그해 5월』(1권), 기린원, 1984년 10월

- 『그해 5월』(2권), 기린원, 1984년 11월

- 『황혼』, 기린원, 1984년 12월

- 『꽃의 이름을 물었더니』, 심지, 1985년 2월

- 미완 『그해 5월』(3권), 기린원, 1985년 3월

- 『지리산』(1·2·3·4권), 기린원, 1985년 3 4월

- 재출간 『여로의 끝』, 창작예술사, 1985년 5월
  = 『망향』

- 완간 『지리산』(5·6권), 기린원, 1985년 5·6월

- 완간 『무지개 사냥』(1·2부), 문지사, 1985년 6월
  늑 『무지개 연구』

- 재출간 『강물이 내 가슴을 쳐도』, 심지, 1985년 7월
  = 『허드슨강이 말하는 강변이야기』

- 완간 『지리산』(7권), 기린원, 1985년 9월

- 『지오콘다의 미소』, 신기원사, 1985년 12월

- 『산하』(1-4), 동아일보사, 1985년 6월

- 『낙엽』, 동문선, 1986년 2월

- 신판 『행복어사전』(1부), 문학사상사, 1986년 4월

- 신판 완간 『행복어사전』(2·3부), 문학사상사, 1986년 5월

- 『저 은하에 내 별이』, 동문선, 1987년 1월
  = 『언제나 그 은하를』

- 『소설 일본제국』(1), 문학생활사, 1987년 3월

- 『소설 일본제국』(2), 문학생활사, 1987년 4월

- 『소설 장자』, 문학사상사, 1987년 6월

- 『니르바나의 꽃』(1 · 2), 행림출판, 1987년 9월

- 『남로당』(상 · 중 · 하), 청계, 1987년 10월

- 『그들의 향연』, 기린원, 1988년 2월

- 재출간 『황금의 탑』(1 · 2 · 3), 기린원, 1988년 3월
  =『황백의 문』

- 『유성의 부』(1 · 2권), 서당, 1988년 6월

- 『유성의 부』(3권), 서당, 1988년 9월

- 『장군의 시대-그해 5월』(1-5), 기린원, 1989년 1월
  늑『그해 5월』

- 재출간 『내일 없는 그날』, 문이당, 1989년 3월

- 완간 『유성의 부』(4권), 서당, 1989년 4월

- 『허균』, 서당, 1989년 7월

- 재출간 『산하』, 늘푸른, 1989년 10월

- 『포은 정몽주』, 서당, 1989년 12월

- 재출간 『그대를 위한 종소리』(상 · 하), 서당, 1990년 11월
  늑『허상과 장미』

- 『「그」를 버린 여인』(상 · 중 · 하), 서당, 1990년 4월

- 재출간 『꽃이 핀 여인의 그늘에서』(상 · 하), 서당, 1990년 10월
  늑『여인의 백야』

- 재출간 『배신의 강』(상 · 하), 서당, 1991년 4월

- 재출간 『달빛 서울』, 민족과문학사, 1991년 6월
  늑 연재소설 '화원의 사상'=『낙엽』

- 재출간 『운명의 덫』(상 · 하), 문예출판사, 1992년 7월

＝연재소설 '별과 꽃과의 향연'＝『풍설』
- 재출간 미완 · 전10권 『바람과 구름과 비』, 기린원, 1992년 7월
  ※ '바람과 구름과 비' 판본의 절대 다수는 9권까지임. 10권까지 나온 것은 기린원
  　 판과 이후 재출간된 들녘사판이 있음
- 『타인의 숲』(1 · 2), 지성과사상, 1993년
  늑 『무지개 연구』＝『무지개 사냥』
- 『정도전』, 큰산, 1993년 9월
- 재출간 미완 · 전 10권 『바람과 구름과 비(碑)』(1-10), 들녘, 2003년 6월
- 재출간 『장자에게 길을 묻다』, 동아일보사, 2009년 8월
  ＝『소설장자』
- 『별이 차가운 밤이면』(김윤식 · 김종회 엮음), 문학의 숲, 2009년
- 재출간 『정도전』, 나남, 2014년 3월
- 재출간 『정몽주』, 나남, 2014년 4월
- 재출간 『허균』, 나남, 2014년 9월
- 『돌아보지 말라』, 나남, 2014년 10월
- 재출간 『남로당』(상 · 중 · 하), 기파랑, 2015년 4월
- 『천명-영웅 홍계남을 위하여』(1 · 2), 나남, 2016년 5월
  ＝『유성의 부』

소설집(중 · 단편)

- 『마술사』, 아폴로사, 1968년 10월
- 『예낭풍물지』, 세대문고, 1974년 10월
- 『망명의 늪』, 서음출판사, 1976년 10월
- 『철학적 살인』, 서음출판사, 1976년 12월
- 『삐에로와 국화』, 일신서적공사, 1977년 11월

- 『서울은 천국』, 태창문화사, 1980년 4월
- 『허망의 정열』, 문예출판사, 1982년 10월
- 『그 테러리스트를 위한 만사(輓詞)』, 홍성사, 1983년 11월
- 『박사상회』, 이조출판사, 1987년 7월
- 『알렉산드리아』, 책세상, 1988년 8월
- 『내 마음은 돌이 아니다』, 서당, 1992년 3월
- 『세우지 않은 비명(碑銘)』, 서당, 1992년 9월
- 『이병주 작품집』(김종회 엮음), 지식을만드는지식, 2010년

에세이집 · 기행문집

- 『백지의 유혹』, 남강출판사, 1973년 6월
- 『사랑을 위한 독백』, 회현사, 1975년 3월
- *『성, 그 빛과 그늘』(상 · 하), 물결사, 1977년
- 『사랑받는 이브의 초상』, 문학예술사, 1978년 6월
- 『1979년』, 세운문화사, 1978년 12월
- 『미(美)와 진실의 그림자』, 대광출판사, 1978년 10월
- 『허망과 진실-나의 문학적 편력』(상 · 하), 기린원, 1979년 8 · 9월
- 『바람소리 발소리 목소리』, 한진출판사, 1979년 11월
- 『아담과 이브의 합창』, 지문사, 1980년 12월
- 『나 모두 용서하리라』, 집현전, 1982년 1월
  =『용서합시다』
- 『현대를 살기 위한 사색』, 정음사, 1982년 12월
- 『공산주의의 허상과 실상』, 신기원사. 1982년 12월
- 『이병주 고백록-자아와 세계의 만남』, 기린원, 1983년 8월
  늑『허망과 진실-나의 문학적 편력』(상 · 하)

- 『길따라 발따라』(1), 행림출판, 1984년 5월

- 『생각을 가다듬고』, 정암, 1985년 4월

- 『청사에 얽힌 홍사』, 원음사, 1985년 7월

- 『악녀를 위하여』, 창작예술사, 1985년 12월

- 『여체미학 · 샘』, 청한문화사, 1985년 12월

- 재출간 『백지의 유혹』, 연려실, 1985년 12월

- 『길따라 발따라』(2), 행림출판, 1986년 3월

- 재출간 『불러보고 싶은 노래』, 정암, 1986년 7월
   =『생각을 가다듬고』

- 『사상의 빛과 그늘』, 신기원사, 1986년 11월

- 재출간 『에로스문화사 남과여』(상 · 하), 원음사, 1987년 9월
   =『성, 그 빛과 그늘』(상 · 하)

- 편저 『허와 실의 인간학』(경세 · 용인 · 지략 편), 중앙문화사, 1987년 11월

- 『젊음은 항상 가꾸는 것』, 해문출판사, 1989년 5월(중판)

- 『산을 생각한다』, 서당, 1988년 6월

- 재출간 『미(美)와 진실의 그림자』, 명문당, 1988년 11월

- 『잃어버린 시간을 위한 문학적 기행』, 서당, 1988년 12월

- 재출간 『행복한 이브의 초상』, 원음사, 1988년
   =『사랑받는 이브의 초상』

- 『에로스 이야기』, 원음사, 1989년 4월
   늑 『에로스문화사 남과여』(상 · 하)

- 『대통령들의 초상』, 서당, 1991년 9월

- 재출간, 편저 『허와 실의 인간학』(경세 · 용인 · 지략 편), 중앙미디어, 1992년 7월

- 재출간 『이병주의 에로스문화탐사』(1 · 2), 생각의나무, 2002년 1월
   늑 『에로스 이야기』=『에로스문화사 남과여』(상 · 하)

- 재출간 『이병주의 동서양 고전탐사』(1 · 2), 생각의나무, 2002년 3월
   =『허망과 진실』(상 · 하) 늑 이병주 고백록

공저 에세이

- 이병주 외, 『중립의 이론』, 국제신보사, 1961년
- 이병주 외, 『그 다음은 말할 수가 없습니다』, 동화출판공사, 1977년
- 이병주 외, 『젊은이여 인생을 이야기하자』(1-3권), 동화출판공사, 1977년
- 이병주 외, 『초대석의 우상들』, 맥, 1979년
- 이병주 외, 『말하라 사랑이 어떻게 왔는가를』, 『여원』 1980년 신년호 별책부록
- 이병주 외, 『독서와 지적 생활』, 시사영어사, 1981년
- 이병주 외, 『뜻을 세워 살자』, 시몬, 1984년
- 이병주 외, 『길을 묻는 여성을 위한 인생론』, 1989년
- 이병주 외, 『홀로와 더불어』, 여원출판국, 1990년

번역물

- 『불모지대』(1-5권), 신원, 1984년 11월
- 『신역 삼국지』(1-5권), 금호서관, 1985년 12월
- 『금병매』(상·하), 명문당, 1991년 12월

대담 · 좌담

- 이병주 · 남재희, '「회색군상」의 논리 : 「지리산」작가와 독자가 이야기하는 생략된 역사', 『세대』, 1974년 5월

- 이병주·이어령, '탈허무주의에의 충동', 『정경문화』, 1977년 12월
- 이병주 외, '전환기에 선 신문연재 소설', 『신문과방송』, 1979년 2월
- 이병주·바리온, '서울과 파리의 거리', 『문학사상』, 1980년 10월
- 이병주·권유·이두영, '소설을 무엇인가', 『소설문학』, 1980년 10월
- 이병주 외, '새 정치에 바라는 것', 『신동아』, 1981년 3월
- 이병주·황산성, '꿈 지닌 여성이 많아야 행복한 사회가 됩니다', 『레이디경향』, 1982년 1월
- 이병주·이어령, '한국·한국인, 일본·일본인', 『월간조선』, 1982년 8월
- 이병주·김수근, '한국의 참모습을 보여줘야 한다', 『동서문화』, 1982년 10월
- 이병주·임현기, '공산주의를 보는 눈 달라져야 한다', 『통일한국』, 1983년 11월
- 이병주 외, '사랑을 말한다―사춘기 그리고 사랑', 『학생중앙』, 1984년 3월
- 이병주·진순신, '아시아의 번영으로 가는 길', 『신동아』, 1985년 1월
- 이병주·에토 신키치(衛藤瀋吉), '무엇이 한일우호를 가로막는가', 『신동아』, 1985년 3월
- 이병주 외, '우리시대의 통일관', 『광장』, 1987년 11월

이병주 전집 전30권

- 『관부연락선』(1·2), 한길사, 2006년
- 『지리산』(1-7), 한길사, 2006년
- 『산하』(1-7), 한길사, 2006년
- 『그해 5월』(1-6), 한길사, 2006년
- 『행복어사전』(1-5), 한길사, 2006년
- 『소설·알렉산드리아』, 한길사, 2006년

- 『마술사』, 한길사, 2006년
- 『그 테러리스트를 위한 만사』, 한길사, 2006년

재출간 소설 및 에세이 (김윤식·김종회 엮음)

- 『소설·알렉산드리아』, 『쥘부채』, 『박사상회/빈영출』, 바이북스, 2009년
- 『문학을 위한 변명』, 『변명』, 바이북스, 2010년
- 『마술사/겨울밤』, 『그 테러리스트를 위한 만사』, 바이북스, 2011년
- 『잃어버린 시간을 위한 문학 기행』, 『패자의 관』, 바이북스, 2012년
- 『예낭풍물지』, 『스페인 내전의 비극』, 바이북스, 2013년
- 『여사록』, 『이병주 역사 기행』, 바이북스, 2014년
- 『망명의 늪』, 『긴 밤을 어떻게 세울까』, 바이북스, 2015년
- 『세우지 않은 비명』, 바이북스, 2016년

이병주 문학 해외 번역판

중역

• 李炳注 著, 李華 · 崔明杰 翻,『小說 · 亞歷山大』, 바이북스, 2011년

영역

• 이병주 저, 윤채은 · William Morley 역,『Alexandria』, 바이북스, 2012년

• 이병주 저, 서지문 역,『The Wind and Landscape of Yenang』, 바이북스, 2013년

　(재출간 ; 초판 1972년)

일역

• 이병주 저, 마츠라 노부히로 역,『지리산』(상 · 하), 동방출판, 2015년 8월

　(李炳注 著, 松田暢裕 譯,『智異山』(上 · 下), 東方出版, 2015)

• 이병주 저, 하시모토 치호 역,『관부연락선』(상 · 하), 등원서점, 2017년 1월

　(李炳注 著, 橋本智保 譯,『關釜連絡船』(上 · 下), 藤原書店, 2017)

이병주 문학 연구의 전개 양상 *

1. 역사인식에 대한 총체적 논의

이병주 문학 연구의 전개 양상을 살펴보기 위해서는 먼저 문학사의 기술에서 다루어진 이병주 문학의 가치 평가를 확인할 필요가 있다. 이 재선은 『현대한국소설사』[61]에서 이병주가 역사의 비평 또는 행간에 대한 독특한 문학적 시각과 상상력을 갖춘 작가라고 평가했다. 이병주의 문학세계는 역사와 인간의 얽혀진 상호 긴장관계를 제시함으로써 역사의 범죄와 폭력성을 고발하고 있다는 것이다. 그리고 반이데올로기적 휴머니즘의 발로가 이병주 문학의 특징이라고 평가했다. 김윤식 · 정호웅은 『한국소설사』[62]에서 이병주 문학이 지식인의 이념 선택 과정과 빨

---

* 이 글은 이병주 문학 연구자 강은모 박사의 것임.

61) 이재선, 「소설 · 알렉산드리아」와 「겨울밤」의 상관성과 그 의미」, 『현대한국소설사』, 민음사, 1996.

62) 김윤식 · 정호웅, 『한국소설사』, 문학동네, 2000, p.485.

치산 투쟁을 우리 소설사에서 처음으로 다루었다는 데에 문학사적 의미를 부여하였다. 그런데 역사 해석에 있어 작가 특유의 역사허무주의와 영웅주의가 작용함으로써 과거 복원의 객관성이 충분히 유지되지 못한 점은 한계로 드러난다고 보았다. 권영민은 『한국현대문학사』[63]에서 70년대 산업화 시기 소설 문단의 큰 성과가 박경리의 『토지』, 이병주의 『지리산』, 황석영의 『장길산』, 김주영의 『객주』 등 대하장편소설의 등장이라고 평가하면서, 이 소설들은 역사적 상황에서 출발하여 현실적 삶의 문제로까지 관심을 확대시키는 특징을 지녔다고 보았다.

문학사에 언급되어 있는 바와 같이 이병주 문학 연구에서 가장 큰 비중을 차지하는 부분은 역사인식에 대한 것이다. 역사인식의 측면에서 접근한 이병주 문학의 총체적 논의는 이보영, 송하섭, 김윤식, 김종회, 손혜숙, 정호웅의 연구를 들 수 있다.

이보영[64]은 이병주 문학의 독자성이 소시민의 자질구레한 일상에 맴돌지 않고 지식인의 당면 문제, 가령 인격적 자아의 회복과 행사를 위한 고통스러운 노력과 같은 문제를 추구하는 데에 있다고 보았다. 그리고 그 추구를 보다 근원적으로 철저히 하려고 일제 시대의 체험과 해방 후 좌우익 상쟁의 체험에까지 거슬러 올라가는데 이런 점에서 이병주의 문학은 일종의 청산문학적 성격을 지닌다고 평가했다. 송하섭[65]은 이병

---

63) 권영민, 『한국현대문학사 2』, 민음사, pp.332~333.

64) 이보영, 「역사적 상황과 윤리-이병주론」, 『현대문학』, 현대문학사, 1977. 2.

65) 송하섭, 「이병주 소설 연구-사회의식의 형상화를 중심으로」, 『진주산업대학교 논문집』 4,

주의 작품이 현실 참여적인 특징을 지니고 있으며, 유의적인 방법으로 표현적 한계를 극복해 나가고 있다고 분석했다. 또한 소설 속에 지사풍의 인물이 등장하여 교훈적인 의도를 많이 드러내는 것은 이병주의 소설이 안고 있는 강점이자 한계라고 지적하였다.

김윤식[66]은 이병주의 학병 체험을 바탕으로 한 글쓰기에 주목했다. 이병주의 학병 체험이 등단작인 「소설 · 알렉산드리아」에서부터 『관부연락선』, 『지리산』을 거쳐 유작인 『별이 차가운 밤이면』에 이르기까지 지속된다고 평가하였는데, 이는 이병주의 작가의식의 근원을 꿰뚫는 의미 있는 분석이라 할 수 있다. 또한 이병주의 글쓰기는 반공을 국시로 하는 시대 상황에서 군사 파시즘 비판과 동시에 공산주의를 비판하는 양비 사상을 기초로 하는 특징을 갖고 있다고 보았다. 그리고 '위신을 위한 투쟁'이 아닌 '혁명적 열정'을 예술로 승화시킨 작품이 이병주 문학의 도달점이라고 평가했다.

김종회[67]는 이병주의 소설을 역사 소재의 소설과 현대 사회의 애정 문제를 다룬 소설로 양분했다. 그리고 문학 속에 변용된 역사의 의미를 정치 토론에 이르게 할 만큼의 역량을 지닌 작가임에도 불구하고 이병

대전간호전문대학, 1978.

66) 김윤식, 『이병주와 지리산』, 국학자료원, 2010.

67) 김종회, 「근대사의 격랑을 읽는 문학의 시각」, 김윤식 · 임헌영 · 김종회 편, 『역사의 그늘, 문학의 길』, 한길사, 2008. 「문학과 역사의식」, 김윤식 · 김종회 엮음, 『문학과 역사의 경계에 서다』, 바이북스, 2010. 「이병주 문학의 역사의식 고찰」, 『한국문학논총』 57, 한국문학회, 2011.

주에 대한 문단의 평가가 인색했다고 언급하며, 그 이유로 이병주가 좀 더 미학적 가치와 사회사적 의의를 갖는 주제에 집중하지 못했다는 점을 들었다. 그러나 이병주의 소설에 나타난 역사의식은 우리 문학사에 보기 드문 강렬한 체험과 정수를 이야기화하고 그 배면에 잠복해 있는 역사적 성격에 대해 수용자와의 친화를 강화하며 풀어내는 장점을 지녔다고 평가했다. 따라서 이병주의 문학관은 기록된 사실로서의 역사가 그 시대를 살았던 민초들의 아픔과 슬픔을 진정성 있게 담보할 수 없다는 인식에서 출발하여 역사가 놓친 삶의 진실을 소설적 이야기로 재구성하려는 의지를 드러낸다고 파악했다.

　손혜숙[68]은 이병주가 소설을 통해 한국 현대사를 재구축하고 있다고 평가했다. 이병주의 글쓰기는 역사적 '사실'을 전면에 내세우는 방식과 '픽션'을 중심으로 구축하는 방식으로 양분되어 있다고 보았다. 전자의 경우 자신의 역사체험 기억을 통해 공적인 역사에서 배제되어 왔던 사건과 인물을 복원하고, 역사적인 사료를 재검증하는 방식으로 역사적 진실을 밝혀내고 있으며, 후자의 경우 창작 시기와 작품의 시간적 배경이 근접해 있기 때문에 우회적인 방법으로 당대의 문제를 지적하고 그것을 역사로 기술하고 있다고 설명했다. 손혜숙의 연구는 그동안 역사성을 가진 작품에 한정되었던 이병주 문학 연구 텍스트의 범위를 대중소설로까지 확장하였다는 데에 의의가 있다.

---

68) 손혜숙, 「이병주 소설의 역사인식 연구」, 중앙대학교 박사학위 논문, 2011.

정호웅[69]은 학병 문제를 다룬 이병주의 문학이 동어 반복의 한계를 지닌 이유는 학병에 지원해서 일제에 협력했다는 사실을 용납할 수 없는 이병주의 부정의식 때문이라고 설명했다. 또한 학병 문제에 대한 작가의 의식이 일본의 전쟁 명분에 동의하지 않았다는 반전의식과 이단자 의식, 그리고 자기 처벌과 자기 연민으로 변주된 자기 부정의식으로 나누어진다고 보면서, 이병주의 문학을 학병 체험자의 의식을 깊이 파고드는 개성적인 문학으로 평가하였다.

2. 『관부연락선』, 『지리산』에 관한 논의

역사인식과 관련하여 이병주의 작품 중에서 가장 많이 논의된 작품은 『관부연락선』과 『지리산』이다. 먼저, 『관부연락선』을 중심으로 한 논의로는 김외곤, 조갑상, 강심호, 정호웅의 연구를 들 수 있다. 김외곤[70]은 『관부연락선』이 이데올로기 투쟁의 폐해로 공백기로 남아있던 40년대를 과감하게 소설 속에 수용하여 형상화했다는 점에서 재평가되어야할 작품이라고 주장했다. 학병, 해방, 좌우익 이념투쟁, 6·25전쟁, 빨치산 활동 등 한국 현대사의 중요한 사건과 구한말의 의병대장과 친일

69) 정호웅, 「이병주 문학과 학병 체험」, 『한중인문학연구』 41, 한중인문학회, 2013.
70) 김외곤, 「격동기 지식인의 초상-이병주의 『관부연락선』」, 『소설과 사상』, 고려원, 1995.

파들의 행적에 이르기까지의 역사적 진실을 추구한 점, 지식인을 작품의 중심인물로 설정하여 현실의 객관적 반영과 현실에 대한 비판적 평가를 가능케 한 점, 이후에 쓰여진『지리산』,『산하』,『남로당』의 원형에 해당된다는 점, 격동기를 살아가는 지식인의 고난에 찬 삶을 묘사한 점이『관부연락선』에 대한 재평가의 근거가 된다고 보았다.

조갑상[71]은『관부연락선』의 서술방식과 시점, 구성 등을 분석하고 시공간 구조를 고찰하였다. 소설 안에서 관부연락선은 단순한 교통수단 이상의 한일관계사가 압축된 장치로 기능한다고 보았으며, 동경과 진주, 시모노세끼와 부산의 공간이 지닌 의미도 분석하였다. 이러한 연구는 텍스트 자체의 형식적 측면에 중점을 둔 연구로 의의를 갖는다. 강심호[72]는『관부연락선』이 학병 세대의 원죄의식을 소설을 통해 변명하려는 휴머니즘을 표방한 작품이라고 보았다. 또한 이병주가 말하는 회색의 군상이란 일본과 조선의 관계에 대해 무엇이 옳고 그른지를 확실하게 규정하지 못하는 사람들, 사고의 틀이 체제 내로 한정지어진 사람들, 일상인들을 의미하는 것이라 정의했다. 이들은 현실주의자이며 합리주의자이지만 힘을 갖지 못함으로써 허무주의를 택하고 운명을 논하는 에트랑제의 허무주의를 갖게 된다고 분석했다.

정호웅[73]은 이병주의『관부연락선』이 인간을 역사에 종속된 것으로

71) 조갑상, 「이병주의 『관부연락선』연구」, 『현대소설연구』 11, 한국현대소설학회, 1999.

72) 강심호, 「이병주 소설 연구—학병세대의 내면의식을 중심으로」, 『관악어문연구』 27집, 2002.

73) 정호웅, 「해방전후 지식인의 행로와 그 의미」, 『현대소설연구』 24, 한국현대소설학회, 2004.

인식하는 우리 문학의 지배적인 경향에 대한 근본 반성의 실천으로 중요한 의미를 갖는다고 평가하면서, 이 소설의 서사를 이끄는 원리로 이방인성과 부성을 들었다. 이방인성은 합리적 이성주의자인 소설 속 주인공이 스스로를 현실로부터 소외시켜 현실과 불화하며 살아가는 것을 말하고, 부성은 포용으로 어린 생명을 감싸안고 전통과 과거를 부정하는 현실 속에서 미래를 모색하려는 정신이자 이데올로기 중립적인 근대 교육 제도와 지식 체계를 옹호하려는 정신이라 정의했다.

『지리산』을 중심으로 한 논의는 임헌영, 정호웅, 정찬영, 김복순, 이동재, 박중렬의 연구를 들 수 있다. 임헌영[74]은 『지리산』이 다섯 가지 유형의 인간상을 제시하고 있다고 분석했다. 첫째는 전통적인 지주계급인 하영근 같은 인간상, 둘째는 권창혁 같은 전형적인 지식인 계급의 속성 내지 소자산계급의 속성을 지닌 인간상, 셋째는 현실 속에서 절대다수를 점하고 있는 지극히 평범한 인물들로 시류에 따라 지지와 복종과 찬성만 하며 살아가는 인간상, 넷째는 항일투쟁-좌경화-건준 혹은 남로당 가입-월북 혹은 지하활동-6 · 25참전-확신과 신념에 의한 비극적 종말이라는 도식에 해당하는 인간상, 다섯째는 공산주의자이면서도 그 규칙에 적응할 수 없는 체질적 회의주의자 혹은 자유주의자적 성향의 하준규, 박태영과 같은 인간상이 그것이다. 여기서 마지막 유형의 두 인물이 당을 떠난 공산주의 투사였다는 점은 우리 소설문학에서 도

---

74) 임헌영, 「현대소설과 이념문제-이병주의 『지리산』론」, 『민족의 상황과 문학사상』, 한길사, 1986.

식적으로 적용해오던 반공소설의 벽을 허물어뜨린 업적이자 역사를 보다 근본적으로 파헤치는 계기가 되었다고 평가했다.

정호웅[75]은 이병주의 창작방법론의 핵심으로 기록과 증언, 구체적 현실의 개념화를 들고 있다. 이병주가 『지리산』이라는 대하소설을 통해 한국 근·현대사의 중심부를 개인적 체험의 차원에서 역사적 사실의 차원으로 재현하고자 했다면서, 구체적 현실의 개념화 과정에서 추상적 관념성의 과잉을 초래하고 있는 점을 한계로 지적했다. 정찬영[76]은 『지리산』이 방대한 규모와 빨치산이라는 소재의 희귀성, 분단의 비극이 첨예화된 사건에 대한 증언적 요소를 담고 있다는 점에서 문제작이라고 평가했다. 즉, 『지리산』은 한국전쟁을 전후한 좌익의 투쟁 가운데 지리산 빨치산을 본격적으로 다룬 최초의 소설이라는 점, 당시의 사학과 사회학이 얻은 성과를 적극 수용·재구성함으로써 분단 문제에 대한 독자들의 관심을 이끌어냈다는 점, 이후 각종 빨치산의 수기와 증언문학이 나오게 된 동인이 되었다는 점에서 의의를 지닌다고 보았다.

김복순[77]은 『지리산』을 '지식인 빨치산' 계보의 소설로 정의하며 그 특징을 다음과 같이 설명했다. 첫째는 이데올로기의 선택 과정에서 서사적 긴장이 놓여지기에 '못 배운자=좌익', '배운 자=우익'이라는 이

75) 정호웅, 「『지리산』론」, 문학사와 비평연구회 편, 『1970년대 문학연구』, 예하, 1994.

76) 정찬영, 「역사적 사실과 문학적 진실-「지리산」론」, 『문창어문논집』 36, 문창어문학회, 1999. 12.

77) 김복순, 「'지식인 빨치산' 계보와 『지리산』」, 『인문과학논집』 22, 명지대학교사설 인문과학연구소, 2000. 12.

분법적 폭력이 없으며, 둘째는 분단 원인을 이데올로기의 대립에서 찾는 필연적 결과를 동반하고 있으며, 셋째는 영웅주의적 시각을 벗어나지 못하며, 넷째는 하준규와 같은 인물에서 지식인과 민중의 이미지가 중첩되며, 다섯째는 순이를 제외한 민중들이 익명으로 처리되는 한계를 보이며, 여섯째는 역사실록의 형태를 취한 점이 장점이자 취약점으로 드러난다고 보았다. 따라서 『지리산』은 70년대 초에 냉전적 사고의 그늘을 본격적으로 환기시키면서 빨치산의 위상을 새롭게 했지만 여전히 냉전의식의 미망에서 벗어나지 못한 작품이라고 평가했다.

이동재[78]는 『지리산』에 깔린 개인주의적 휴머니즘이 현실추수적이고 자기보존적이며 기회주의적인 방관자적 휴머니즘으로서, 해방 이후 '순수문학'을 주창해온 문협 정통파의 문학관과 맥락을 같이하고 있다고 보았다. 그리고 이러한 측면이 60년대 이후 반공문학의 수준에서 벗어나 남과 북, 좌와 우의 문제를 객관적으로 보기 시작한 분단문학의 성과를 퇴보시켰다는 평가를 받게 한 요인이 되었다고 지적했다. 그럼에도 불구하고 이 소설이 풍부한 자료와 수기 및 실존 인물에 대한 기억을 토대로 당대의 역사적 현실과 사실을 다각도로 조명하고, 복잡한 인간의 내면을 생생하게 재현해내고 있다는 측면에서 그 가치를 인정할 수 있다고 평가했다. 또한 이병주의 『지리산』이 그 이전의 반공문학과 1980년대 조정래의 『태백산맥』을 잇는 가교 역할을 하고 있다는 점

---

78) 이동재, 「분단시대의 휴머니즘과 문학론─이병주의 『지리산』」, 『현대소설연구』 24, 한국현대소설학회, 2004. 12.

에 문학사적 의의를 부여하였다.

박중렬[79]은 실록소설로서의 『지리산』의 형식적 특성에 주목하였다. 즉, 젊은 청년들의 억울하고 허망한 죽음을 민족과 시대의 관점에서 다시 조명해야 한다는 역사적 책무와 어느 편에도 서지 못하고 중립적 회색지대에 머무를 수밖에 없었던 이병주의 회한과 정직성이 실록소설이라는 글쓰기 형태로 반영되었다고 보았다.

『관부연락선』과 『지리산』에 대한 최근 논의는 곽상인, 황호덕, 김성환, 최현주, 이경, 이정석 등의 연구에서 보다 다각적 접근이 이루어졌다. 곽상인[80]은 『관부연락선』의 인물 중 유태림의 내면의식에 초점을 맞추었다. 유태림이 지주의 자식이라는 태생적 한계로 인해 중간자적 의식을 내면화한 점이 원죄의식과 굿보이 콤플렉스를 배태한 원인이라고 파악했다. 또한 유태림이 이데올로기의 양 극단을 쫓지 않고 인간적인 연대의식을 지향하면서 그 중재 방식으로 대화의 언어방식을 채택하고 있다고 분석했다. 곽상인의 연구는 역사적 해석 방식에 밀려 있던 작중인물의 내면세계를 논의의 중심에 놓았다는 점에서 의미를 갖는다.

황호덕[81]은 식민지 지식인으로서의 이병주의 독서편력과 글쓰기가

---

79) 박중렬, 「실록소설로서의 이병주의 『지리산』론」, 『현대문학이론연구』 29, 현대문학이론학회, 2006.

80) 곽상인, 「이병주의 『관부연락선』에 나타난 인물의 내면구조 고찰」, 『인문연구』 60, 영남대인문과학연구소, 2010.

81) 황호덕, 「끝나지 않는 전쟁의 산하, 끝낼 수 없는 겹쳐 읽기─식민지에서 분단까지, 이병주의

정치적 격동기에 대한 해석과 선택에 미친 영향 관계를 『관부연락선』을 중심으로 분석했다. 이병주는 세계를 일종의 책으로 사유하면서도 그 책들로는 겹쳐 읽혀지지 않는 한국현대사의 사건들을 실록대하소설과 같은 자신만의 책쓰기 방식을 통해 전달하고자 했다는 것이다.

김성환[82]은 『관부연락선』이 식민지 지식인의 위치에서 조선의 역사를 해석하고 해방공간의 갈등에서 식민지 체험을 소환하고 있는데, 그 두 역사가 1960년대의 시점에서 하나의 역사로 쓰였다는 점에 주목했다. 즉 이 소설은 식민 이후에도 작동하는 식민성을 1960년대의 상황으로 해석한 글쓰기이며, 이는 식민지적 보편성의 한계를 극복하고자 한 역사쓰기의 양상으로 보아야 한다고 평가했다.

최현주[83]는 『관부연락선』이 일제 식민지의 모순적 시스템과 제국주의의 폭력성을 날카롭게 제시해냈지만, 그러한 현실에 대응하는 지식인들의 허무주의적 내면세계를 형상화함으로써 실천적 탈식민의 경지에는 이르지 못했다고 지적했다. 또한 이병주가 민중들이 지향하는 정치학과 그들에게 친숙한 대중미학화의 방식을 결합시킴으로써 그만의 정치 서사를 구축해냈으며, 『지리산』이라는 대하역사소설을 통하여 근

독서 편력과 글쓰기」, 『사이』 10, 국제한국문학문화학회, 2011.

82) 김성환, 「식민지를 가로지르는 1960년대 글쓰기의 한 양식−식민지 경험과 식민 이후의 『관부연락선』」, 『한국현대문학연구』 46집, 한국현대문학회, 2015.

83) 최현주, 『관부연락선』의 탈식민성 연구」, 『배달말』 48, 배달말학회, 2011. 「국가로망스로서의 이병주의 『지리산』」, 『현대문학이론연구』 55, 현대문학이론학회, 2013.

대국가 형성과정에 대한 민중들의 열정과 좌절의 국가로망스를 제시해 낸 것이라고 분석하였다.

이경[84]은 질병과 몸담론을 중심으로 『지리산』을 분석하였다. 정신을 중시하고 몸을 도구화한 빨치산과 몸 속에 정신이 있다는 비빨치산의 궤적을 비교하면서, 『지리산』이 공산주의 이데올로기의 폭력성을 폭로하면서도 몸을 물신화하는 반공이데올로기의 위험성을 아울러 예고하고 있기 때문에 단순한 반공소설의 차원을 넘어선 소설이라고 평가했다. 이정석[85]은 식민지 체험세대 지식인이 서구적 합리주의를 전범으로 한 자유주의와 일본제국의 국가주의 사이에서 길항하며 자기의식을 형성하고 있는 작품이 이병주의 소설이라고 분석했다. 특히 『지리산』은 좌우이데올로기의 중간지대에 위치한 진보적 자유주의의 양면성을 드러내는 작품이라고 평가했다.

3. 중 · 단편 및 기타 장편 소설 논의

「소설 · 알렉산드리아」를 비롯한 주요 중 · 단편, 그리고 여타 장편 소설을 아우르는 논의는 김주연, 김병로, 김영화, 이재복, 한수영, 김

---

84) 이경, 「몸과 질병의 관점에서 『지리산』 읽기」, 『코기토』 70호, 부산대학교 인문학연구소, 2011.

85) 이정석, 「학병세대 작가 이병주를 통해 본 탈식민의 과제」, 『한중인문학연구』 33, 한중인문학회, 2011.

종회, 고인환, 이호규, 이정석, 손혜숙, 추선진, 정미진, 민병욱의 연구
를 들 수 있다.

　김주연[86]은 이병주의 문학이 그의 소설 「변명」에 드러나는 바와 같
이 인간으로서의 양심에 기초한 역사를 위한 변명을 확대한 것이라
고 정의했다. 즉, 역사와 문학은 상당히 비슷한 것이지만, 결국 비슷
한 그 어떤 것으로도 끝날 수 없다는 것을 보여준다는 것이다. 김병로
[87]는 「소설 · 알렉산드리아」의 상호텍스트성에 주목하였다. 서울이라
는 현실적 시 · 공간과 알렉산드리아라는 꿈의 시 · 공간 사이의 구조
적 대화성이 각기 독립적 인격으로 활동하는 분열적 담화 주체의 자
아성찰적 대화성과 독립적인 서사 내적 인물들의 대화성을 이끌어냈
다는 것이다. 그리고 이것이 텍스트 차원의 다성적 현실인식을 구현
하고 있다고 분석했다. 김영화[88]는 에세이 형식, 부인물이 주인공에
대해 이야기하는 서술 초점, 같은 이야기의 반복, 넓은 공간적 배경을
특징으로 하는 「소설 · 알렉산드리아」가 이병주 소설의 원형에 해당
하는 작품이라고 보았다.

---

86) 김주연, 「역사와 문학-이병주의 「변명」이 뜻하는 것」, 『문학과 지성』 11, 문학과지성사, 1973.
　　봄호.
87) 김병로, 「다성적 서사담론에 나타나는 현실인식의 확장성 연구-이병주의 「소설 · 알렉산드리아」
　　를 중심으로」, 『한국언어문학』 36, 한국언어문학회, 1996. 5.
88) 김영화, 「이병주의 세계-소설 · 알렉산드리아를 중심으로」, 『인문학연구』 5, 제주대학교
　　인문과학연구소, 1999.

이재복[89]은 이병주의 중·단편 소설에 나타나는 딜레탕티즘은 단순한 유희가 아니라 역사에 대한 작가의 자의식을 반영하고 있으며 이병주 문학의 독특한 사상을 생성한 원인이 된다고 보았다. 한수영[90]은 이병주의 초기 중·단편에는 이병주 개인이 체험한 억울한 정치적 박해와 투옥을 역사에 접속시켜 보편의 문제로 확대하려는 의도가 드러나지만, 이후의 작품에서는 그것이 무뎌지고 모호해졌다고 지적했다. 김종회[91]는 이병주의 거의 모든 소설에 '감옥 콤플렉스'가 나타나고 있는 점에 주목하였다. 그리고 이병주의 소설에 등장하는 인물들은 작가의 시각을 반영하는 해설자이자 작가의 전기적 행적을 투영하고 있는 것으로 보았는데 「소설·알렉산드리아」가 그 시초가 된다고 분석했다.

고인환[92]은 「소설·알렉산드리아」가 소설 양식이라는 관념 그 자체로 정치현실에 맞서는 작품이라면, 이후 발표된 「마술사」, 「쥘부채」, 「예낭풍물지」 등은 환각이 현실에 응전하는 방식을 보여주는 작품이라고 분석했다. 또한 「변명」과 「겨울밤」에 이르러서는 작가가 추구해온 환각의 세계가 역사에 대한 변명으로 구체화된다고 주장하면서, 이러한 서사

---

89) 이재복, 「딜레탕티즘의 유희로서의 문학—이병주의 중·단편소설을 중심으로」, 『나림 이병주 선생 13주기 추모식 및 문학 강연회 자료집』, 나림이병주선생기념사업회, 2004. 4.

90) 한수영, 「소설, 역사, 인간—이병주의 초기 중, 단편에 대하여」, 『지역문화연구』 12, 경남부산 지역문학회, 2005.

91) 김종회, 「이병주의 「소설·알렉산드리아」 고찰」, 『비교한국학』 16권 2호, 국제한국비교학회, 2008.

92) 고인환, 「이병주 중·단편 소설에 나타난 서사적 자의식 연구」, 『국제어문』 48, 국제어문학회, 2010.

208   문학의 매혹, 소설적 인간학

적 자의식의 변모 양상이 『관부연락선』, 『지리산』, 『산하』, 『그해 5월』 등 반자전적 실록 대하소설에 이르는 길을 제시해주고 있다고 평가했다. 이호규[93]는 「소설·알렉산드리아」, 「마술사」, 「예낭풍물지」, 「변명」 등 이병주의 초기 소설이 한국 사회에서 자유주의적 개인주의자들이 어떤 희생을 겪으며 살아왔는지를 드러낸다고 보았다. 또한 이병주의 소설이 지닌 역사성과 개인은 충돌을 일으키는 것이 아니라 내포와 외연을 이룸으로써 한국 사회의 상황과 거대한 역사적 사건 속에서 희생당하는 개인이 대비적으로 선명하게 부각되고 있다고 평가했다.

이정석[94]은 「소설·알렉산드리아」, 「겨울밤」의 경우 사소설의 양식을 빌려 개인적 체험을 거시 역사의 차원과 관련짓고 있는 역사적 태도를 보이는 반면, 「소설·알렉산드리아」의 일부분, 그리고 「내 마음은 돌이 아니다」, 「여사록」, 「이사벨라의 행방」, 「빈영출」, 「박사상회」 등의 작품은 공적 역사가 점차 제거되는 탈역사적 태도를 지닌다고 분석했다. 이때 이병주 문학의 탈역사성은 당위로서의 역사를 뒤로 하고 있는 그대로의 역사를 정당화하는 방향으로 치닫게 되면서 이병주 문학의 한계를 드러낸다고 지적했다. 추선진[95]은 이병주의 소설이 메타픽션

93) 이호규, 「이병주 초기 소설의 자유주의적 성격 연구」, 『현대문학의 연구』 45, 한국문학연구학회, 2011.

94) 이정석, 「이병주 소설의 역사성과 탈역사성」, 『한국문학이론과 비평』 50, 한국문학이론과 비평학회, 2011. 9.

95) 추선진, 「이병주 소설 연구─사실과 허구의 관계를 중심으로」, 경희대학교 박사학위 논문, 2012.

의 소설적 방법론을 지니고 있음에 주목하면서, 초기작부터 유작까지 이병주 소설에 나타난 사실과 허구의 관계를 통시적으로 살펴보았다.

손혜숙[96]은 5·16을 소재로 한 「소설·알렉산드리아」, 「예낭풍물지」, 『그해 5월』에 나타난 역사 서술 전략을 밝혔다. 「소설·알렉산드리아」는 알레고리적 장치로 이국적 공간과 대리자를 설정해, 5·16 쿠데타의 부당함과 자신의 억울함을 우회적인 방식으로 드러내며, 「예낭풍물지」는 과거와 연루된 타자의 모습, 알레고리로 설정된 도시 예낭을 통해 우회의 방식으로 역사를 서술한다고 보았다. 반면 『그해 5월』은 다양한 형태의 자료를 통해 스토리의 사실성을 강조하면서 역사를 재구축하는 차별성을 지녔다고 분석했다. 정미진[97]은 다층적 서사로 구성된 『산하』에서 이종문의 서사가 이승만의 서사와 병치를 이루는 것은 개인의 문제에서 시대의 증언으로 의미를 확장하는 이병주의 시대인식을 보여준다고 파악하였다. 민병욱[98]은 이병주의 희곡 「유맹」의 자료를 발굴하고 텍스트의 발표, 수록과정과 구조를 살펴봄으로써 소설에 치우쳐 있는 이병주 문학 연구의 범위를 확장하였다.

---

96) 손혜숙, 「이병주 소설의 역사서술 전략 연구」, 『비평문학』 52, 한국비평문학회, 2014.

97) 정미진, 「이병주 『산하』의 다층적 서사의 구성과 의미」, 『국어문학』 59, 국어문학회, 2015.

98) 민병욱, 「이병주의 희곡 텍스트 「流氓」 연구」, 『한국문학논총』 70, 한국문학회, 2015.

4. 다양한 주제로 확장된 이병주 문학 연구 논의

최근 들어 이병주 문학 연구의 테마는 대중성, 정치, 법, 내셔널리티, 미적 현대성, 육체, 주체, 종교 등 보다 다원적인 방향으로 다채롭게 전개되는 양상을 보이고 있다.

먼저, 대중성과 정치에 관련한 논의로는 손혜숙, 음영철, 노현주의 연구를 들 수 있다. 손혜숙[99]은 『배신의 강』, 『황금의 탑』, 『타인의 숲』의 갈등구조를 살펴보았는데, 세 작품 모두 자본주의가 조장해 놓은 물신주의가 갈등의 원인으로 작용하였고, 사회적 윤리의식이나 도덕성이 붕괴되면서 갈등의 심화 양상을 보이고 있다고 분석했다. 이러한 갈등은 악에 대한 응징으로 해소되는 양상을 보이고 있는데, 이 때 이병주의 대중소설은 독자들의 흥미를 유발하면서도 권선징악적 도식에 머물지 않고 사회적 의미를 갖는 지점을 모색하는 특징을 지녔다고 평가했다. 또한 『여로의 끝』, 『운명의 덫』, 「서울은 천국」에 나타난 공간의 의미를 시대풍속과 연결하여 고찰하였다. 그 결과 농촌, 도시, 두 공간을 잇는 이동 수단이 모든 대상을 교환가치로 여기는 자본주의 사회의 병리적 징후를 드러내는 매개로 작용하고 있다고 분석하였다.

---

99) 손혜숙, 「이병주 대중소설의 갈등구조 연구」, 『한민족문화연구』 26, 한민족문화학회, 2008.
「이병주 소설에 나타난 시대 풍속 ─「여로의 끝」, 『운명의 덫』, 「서울은 천국」의 공간을 중심으로─」, 『한국문학논총』 70, 한국문학회, 2015.

음영철[100]은 이병주의 소설이 통속성의 본질인 재미와 진정성의 영역인 삶의 비극성을 결합하여 새로운 소설미학을 제시하고 있다고 보았다. 이병주의 양가적 미학이 결합된 작품으로 『행복어사전』을 꼽았으며, 고전에서 따온 해박한 인용과 아포리즘도 대중성을 확보한 이유가 되었다고 분석했다. 정치성과 관련해서 「소설 · 알렉산드리아」는 쿠데타로 정권을 잡은 박정희 군부의 폭력성을 감금 서사를 통해 보여주었고, 「패자의 관」은 국가 정치론의 핵심 사안이 국민에게 있지 않고 국가에 있음을 보여주었으며, 「삐에로와 국화」는 호모 사케르와 다름없는 임수명의 죽음을 통해 남한의 정치체제가 아감벤이 말한 죽음의 정치인 '생명정치'라는 점을 잘 드러냈다고 평가했다. 노현주[101]는 이병주의 소설이 뉴저널리즘 서사의 특질을 지니고 있음에 주목하면서, 망명자 의식을 정치서사화한 작품으로 중 · 단편을, 뉴저널리즘 서사의 정치의식을 담고 있는 작품으로 『관부연락선』, 『지리산』을, 대중 서사에 반영된 정치담론으로 『행복어사전』, 『바람과 구름과 비』를 분석하였다. 이 연구는 이병주 소설의 대중성을 보편적인 대중미학의 기준으로 분석한 것이 아니라, 정치서사라는 특이성에서 대중성의 미학을 찾아내려 한 점에서 의미를 갖는다.

이병주 문학과 법의 관련성에 관한 논의의 출발은 안경환의 연구이

---

100) 음영철, 「이병주 소설의 대중성 연구」, 『겨레어문학』 47, 겨레어문학회, 2011. 2. 「이병주 중단편 소설에 나타난 포함과 배제의 정치성」, 『한민족문화연구』 44, 한민족문화학회, 2013.

101) 노현주, 「이병주 소설의 정치의식과 대중성 연구」, 경희대학교 박사학위 논문, 2012.

다. 안경환[102]은 「소설 · 알렉산드리아」가 법이 갖추어야 할 객관성을 확보할 수 있는 중립적 공간으로 '알렉산드리아'라는 공간을 설정했으며, 소설 속 재판 묘사에 관련한 이병주의 법적 지식이 법률소설가로 칭할 만큼 전문적이라고 평가했다. 이병주 문학과 법의 관련성은 이후 이경재, 추선진, 김경수, 김경민, 노현주의 연구에서도 활발하게 전개되었다. 이경재[103]는 이병주의 옥중 체험이 법에 대한 심도 있는 탐구로 이어지는 계기가 되었으며, 그것이 「예낭풍물지」, 「목격자」, 「내 마음은 돌이 아니다」, 「철학적 살인」, 「삐에로와 국화」, 「거년의 곡」 등의 작품에 반영되어 있다고 보았다.

추선진[104]은 감옥 체험 서사로 분류되는 『내일 없는 그날』, 「소설 · 알렉산드리아」, 「예낭풍물지」, 『그해 5월』을 소급법에 대한 비판을 담고 있는 소설로, 사형수 서사로 분류되는 「소설 · 알렉산드리아」, 「겨울밤」, 「내 마음은 돌이 아니다」, 「거년의 곡」, 「쓸 수 없는 비문」은 사형제도 및 사회안전법에 대한 비판을 담고 있는 소설로, 법 소재 서사로 분류되는 「철학적 살인」, 「삐에로와 국화」, 「거년의 곡」은 정의로운 법 집행에 대한 지향 의식을 담고 있는 소설로 분류했다. 김경수[105]는 이병주

---

102) 안경환, 「『소설 알렉산드리아』」, 『법과 문학 사이』, 도서출판까치, 1995.

103) 이경재, 「휴머니스트가 바라본 법」, 『이병주문학학술세미나자료집』, 이병주기념사업회, 2013.4.

104) 추선진, 「이병주 소설에 나타난 법에 대한 성찰 연구」, 『한민족문화연구』 43, 한민족문화학회, 2013.

105) 김경수, 「이병주 소설의 문학법리학적 연구」, 『한국현대문학연구』 43, 한국현대문학회, 2014.

의 소설 작품들이 대항적 법률이야기를 통해 실제 법의 맹목을 비판하고 있다고 주장했다. 즉, 이병주는 법적 정의에 대한 문제 제기를 통해 우리 시대의 삶을 규정짓는 법이라는 것이 허구의 일환임을 명확히 하면서, 그런 법적 허구를 통해 자기완결성을 끊임없이 회의하게 만드는 것이 문학적 허구의 본질적 의미임을 일깨우고 있다는 것이다.

김경민[106]은 절대 권력자 혹은 특정 사상에 의한 통치를 반대하는 이병주가 이상 사회를 실현시킬 수 있는 힘을 법에서 찾았다고 주장했다. 따라서 현실의 법 제도, 법 집행의 한계와 모순에 대한 경계와 비판을 소설을 통해 계속한 것이 이병주 소설에 나타난 법의식의 핵심이라고 보았다. 노현주[107]는 이병주의 소설에 나타난 법의식과 국가관이 60년대 사회의 중추적 지식인 세대로 성장한 일제 말 교양주의 세대 혹은 학병세대가 가진 '국가 건설' 콤플렉스와 국가 실현을 위한 망각의 원리를 보여준다고 파악했다.

추선진[108]은 이병주의 유작인 『별이 차가운 밤이면』이 근대의 기획인 내셔널리즘과 학병세대가 가진 내셔널리티의 문제를 반영하고 있다고 보았다. 이 소설에서 이병주는 세계 정세를 올바로 파악하고 다양한 지식을 습득하여 자기 찾기에 도달하는 트랜스내셔널리티를 제시

---

106) 김경민, 「이병주 소설의 법의식 연구」, 『현대문학이론연구』 58, 현대문학이론학회, 2014.

107) 노현주, 「Force/Justice로서의 법, '법 앞에서' 분열하는 서사」, 『한국현대문학연구』 43, 한국현대문학회, 2014.

108) 추선진, 「이병주의 『별이 차가운 밤이면』에 나타난 전쟁 체험과 내셔널리티」, 『국제어문』 60, 국제어문학회, 2014. 3.

하였는데, 이것은 근대적 지식인인자 교양주의자인 이병주만의 대안이자 한계로 볼 수 있다고 파악했다. 이광호[109]는 이병주의 소설에서 교양으로서의 정치사상과 예술가적 자의식과의 상관관계에 주목하였다. 이광호에 의하면 이병주의 소설 속에서 교양주의적 태도와 예술의 자율성은 모순된 관계 속에 존재하며, 이것은 작가의 교양주의와 자유주의가 소설의 형식 안에서 굴절되는 양상이라는 것이다. 이런 맥락에서 이병주의 소설은 미적 현대성의 문제에 있어서도 중요한 의미를 갖는다고 평가했다.

전해림[110]은 이병주의 초기 중·단편 소설에 나타난 등장인물들의 육체 묘사를 통해 이병주가 남성 육체에 대해 갖고 있었던 인식을 분석하였다. 여성 육체 묘사에 비해 관능을 배제한 채 형상화되는 이병주 소설의 남성 육체 묘사는 에로티시즘의 폭력성을 권력의 폭력성과 동일한 부정성을 내포하는 것으로 본 이병주의 인식 때문이라는 것이다. 음영철[111]은 라캉의 이론을 바탕으로 이병주 소설에 나타나는 주체의 유형을 예속적 주체, 환상적 주체, 윤리적 주체로 나누어 분석했다. 이 연구는 이병주 소설 연구에 정신분석학을 적용한 최초의 논문이라

---

109) 이광호, 「이병주 소설에 나타난 테러리즘의 문제」, 『어문연구』 41, 한국어문교육연구회, 2013.

110) 전해림, 「이병주 소설에 나타난 남성 육체 인식―「소설 알렉산드리아」, 「마술사」, 「쥘부채」를 중심으로」, 『인문학연구』 97, 충남대학교 인문과학연구소, 2014.

111) 음영철, 「이병주 소설의 주체성 연구」, 건국대학교 박사학위 논문, 2011.

는 데에 의의가 있다. 정미진[112]은 이병주 소설의 자기 반영성이 이병주가 자신의 소설 쓰기를 소설로 인지하고 역사에 대한 효과적인 재현을 위해 고민한 주체의 자기 분열 양상이라고 파악하였다. 또한 이병주가 종교라는 알레고리적 장치를 통해 문학의 핵심에 놓여야 할 것이 인간이라는 문학적 태도와 신념을 일관되게 표명하고 있음에 주목하였다.

5. 이병주 작가론 총서 발간의 의의

이상에서 살펴본 바와 같이 이병주 문학 연구는 초반에는 『지리산』, 『관부연락선』과 「소설 · 알렉산드리아」를 비롯한 몇몇 주요 중 · 단편에 논의가 집중되었다. 주제의식 또한 작가의 역사인식에 초점이 맞추어진 경우가 많았다. 그러나 2005년 이병주 기념사업회 발족을 계기로 이병주 전집 발간 및 이병주의 작품세계를 재조명하는 움직임이 본격화되면서 활발한 연구 활동이 전개되었다. 그래서 최근 논의들은 이병주의 다양한 작품들로 연구의 영역이 넓어졌을 뿐만 아니라 주제의 범위 역시 다각적 관점으로 확장되었음을 알 수 있다.

이번에 발간하는 이병주 작가론 총서는 이병주 문학 연구의 이러한 최근 경향을 고려하여 가급적 기존의 이병주 문학 연구서에 수록되지

---

112) 정미진, 「이병주 소설에 나타난 주체의 자기 분열 양상 연구」, 『어문연구』 86, 어문연구학회, 2015. 「이병주 소설에 나타난 종교의 의미」, 『국어문학』 58, 국어문학회, 2015.

않은 새로운 연구 논문을 중심으로 기획되었다. 목차는 크게 총론, 장편소설론, 주요 작품론으로 구성되었다. 총론에는 이병주 문학 전반의 특징을 총체적으로 살펴볼 수 있는 논문을 수록하였다. 장편소설론에는 이병주의 주요 장편『관부연락선』,『지리산』,『산하』,『행복어사전』,『바람과 구름과 비』,『별이 차가운 밤이면』을 중점적으로 다룬 논문을 수록하였다. 주요 작품론에는 이병주의 중·단편 및 기타 장편을 포괄하는 다양한 접근 방식의 논의를 통해 이병주 문학 연구의 외연을 확장한 연구 논문을 선별하여 수록하였다. 이병주 작가론 총서의 발간을 계기로 아직도 무궁무진한 미지의 영역으로 남아있는 이병주 문학 연구가 더욱 활발하게 전개되어 한국문학연구의 지평을 넓히는 데 일조하기를 기대한다.

이병주 문학 연구서지*

- 강경선, 「이병주의 『관부연락선』 연구」, 경성대학교 교육대학원 석사학위논문, 2005.
- 강심호, 「이병주 소설 연구: 학병세대의 내면의식을 중심으로」, 『관악어문연구』 27, 서울대학교 국어국문학과, 2002.
- 강은모, 「이병주 『산하』에 나타난 풍자성」, 『2017 이병주문학 학술세미나 자료집』, 2017.
- 강은모, 「이병주 대하소설의 대중성 연구」, 경희대학교 박사학위논문, 2017.
- 강희근, 「「소설 · 알렉산드리아」에 흐르는 시심과 시정」, 『2010 이병주문학세미나 및 강연회 자료집』, 이병주기념사업회, 2010.
- 고명철, 「구미중심주의와 '너머'를 위한 '넘어'의 문학적 정치성」, 『2012 이병주문학 학술세미나 자료집』, 2012.
- 고인환, 「'기록이자 문학' 혹은 '문학이자 기록'에 이르는 길」, 『2014 1차 이병주문학 학술세미나 자료집』, 2014.
- 고인환, 「이병주 중 단편 소설에 나타난 서사적 자의식 연구」, 『국제어문』 48, 국제

---

* 이 연구서지 정리는 이병주 문학 연구자 추선진 박사가 한 것임.

어문학회, 2010.

- 고인환, 「이병주 중단편 소설에 나타난 현실 인식 변모 양상」, 『국제어문학회 학술대회자료집』, 국제어문학회, 2009.

- 구모룡, 「소설과 공간주 사유」, 『2014 1차 이병주문학 학술세미나 자료집』, 2014.

- 권선영, 「이병주 『관부연락선』에 나타난 일본」, 『2016 이병주문학 학술세미나 자료집』, 2016.

- 권지예, 「역사소설과 현재성」, 『2010 이병주문학세미나 및 강연회자료집』, 이병주기념사업회, 2010.

- 김기용, 「이병주 중 단편 소설 연구」, 원광대학교 석사학위논문, 2010.

- 김명주, 「역사와 문학 사이」, 『2010 이병주문학세미나 및 강연회 자료집』, 이병주기념사업회, 2010.

- 김병로, 「다성적 서사담론에 나타나는 현실인식의 확장성 연구: 이병주의 '소설 알렉산드리아'를 중심으로」, 『한국언어문학』 36, 한국언어문학회, 1996.

- 김복순, 「'지식인 빨치산' 계보와 '지리산'」, 『인문과학연구논집』 22, 명지대학교부설 인문과학연구소, 2002.12.

- 김성환, 「식민지를 가로지르는 1960년대 글쓰기의 한 양식」, 『한국현대문학연구』 46, 현대문학회, 2015.

- 김외곤, 「격동기 지식인의 초상: 이병주의 '관부연락선'」, 『소설과 사상』, 1995년 가을호.

- 김윤식, 「『지리산』의 사상」, 『한국문학의 근대성과 이데올로기 비판』, 서울대출판부, 1987(*문학사와 비평연구회 편, 『1950년대 문학연구』, 예하, 1991에 재수록).

- 김윤식, 「작가 이병주의 작품세계: 자유주의 지식인의 사상적 흐름을 대변한 거인 이병주를 애도하며」, 『문학사상』, 1992년 5월호(*『나림 이병주 선생 10주기 기념 추모 선집』, 나림이병주선생기념사업회, 2002에 재수록).

- 김윤식, 「학병세대의 글쓰기-이병주의 경우」, 『나림 이병주선생 13주기 추모식 및

문학강연회 자료집』, 나림이병주선생기념사업회, 2005.

- 김윤식, 「학병세대의 글쓰기의 유형과 범주: 이병주의 놓인 자리」, 『한국문학』, 2006년 가을호.

- 김윤식, 「이병주의 처녀작 '내일 없는 그날'과 데뷔작 '소설 알렉산드리아' 사이의 거리재기」, 『한국문학』, 2007년 봄호.

- 김윤식, 『일제말기 한국인 학병세대의 체험적 글쓰기론』, 서울대학교출판부, 2007.

- 김윤식, 「능소화, 또는 산천의 미학 : 박경리의 『토지』와 이병주의 『지리산』」, 『한국 문학평론』 34, 한국문학평론가협회, 2008.

- 김윤식, 「노예의 사상과 방편으로서의 소설-「소설 · 알렉산드리아」에 부쳐」, 『소설 · 알렉산드리아』, 바이북스, 2009.

- 김윤식, 「노비 출신 학병 박달세의 청춘과 야망:1940년대 상하이」, 『한국문학평론』35, 한국문학평론가협회, 2009(*김윤식 · 김종회 엮음, 『별이 차가운 밤이면』, 문학의숲, 2009에 재수록).

- 김윤식, 「이병주가 공부한 메이지 대학에 가다」, 『2010 이병주문학세미나 및 강연회 자료집』, 이병주기념사업회, 2010.

- 김윤식, 『이병주와 지리산』, 국학자료원, 2010.

- 김윤식, 「학병 세대의 문학사 공백 메우기」, 김윤식 · 김종회 편, 『마술사, 겨울밤』, 2011.

- 김윤식, 「학병세대와 글쓰기의 기원-박경리, 김동리, 황순원, 선우휘, 강신재의 경우」, 『2011 하동이병주국제문학제 자료집』, 이병주기념사업회, 2011.

- 김윤식, 「문학사적 공백에 대한 학병세대의 항변 : 이병주와 선우휘의 경우」, 『한국문학』, 2011년 봄호.

- 김윤식, 「사상에 짓눌린 문학의 어떤 풍경」, 『2012 이병주문학 학술세미나 자료집』, 2012.

- 김윤식, 『한일 학병세대의 빛과 어둠』, 소명출판, 2012.

- 김윤식, 『6·25의 소설과 소설의 6·25』, 푸른사상, 2013.

- 김윤식, 「학병세대의 원심력과 구심력」, 『2013 이병주문학 학술세미나 자료집』, 2013.

- 김윤식, 「황용주의 학병세대」, 『2014 1차 이병주문학 학술세미나 자료집』, 2014.

- 김윤식, 「이병주의 역사소설」, 『2014 2차 이병주문학 학술세미나 자료집』, 2014.

- 김윤식, 「이태의 『남부군』과 이병주의 『지리산』」, 『2015 이병주문학 학술세미나 자료집』, 2015.

- 김윤식, 『이병주 연구』, 국학자료원, 2015.

- 김윤식, 「이병주 소설 『행복어사전』 시론」, 『2016 이병주문학 학술세미나 자료집』, 2016.

- 김윤식, 「운명에 관한 한 개의 테마―이병주의 장편 『비창』을 중심으로」, 『2017 이병주문학 학술세미나 자료집』, 2017.

- 김윤식 김종회 엮음, 『문학과 역사의 경계에 서다―낭만적 휴머니스트, 이병주의 삶과 문학』, 바이북스, 2010.

- 김윤식 김종회 외, 『이병주 문학의 역사와 사회 인식』, 바이북스, 2017.

- 김윤식 임헌영 김종회 책임편집, 『역사의 그늘, 문학의 길』, 한길사, 2008.

- 김인환, 「천재들의 합창」, 『그 테러리스트를 위한 만사』, 한길사, 2006.

- 김종회, 「근대사의 격랑을 읽는 문학의 시각」, 『위기의 시대와 문학』, 세계사, 1996.

- 김종회, 「이병주의 문학과 역사의식」, 『문학사상』, 2002년 5월호.

- 김종회, 「한 운명론자의 두 얼굴―이병주의 소설 '소설 알렉산드리아'에 대하여」, 『나림 이병주선생 12주기 추모식 및 문학강연회 자료집』, 나림이병주선생기념사업회, 2004.

- 김종회, 「문화산업 시대의 이병주 문학」, 『나림 이병주선생 13주기 추모식 및 문학강연회 자료집』, 나림이병주선생기념사업회, 2005.

- 김종회, 「이야기성의 회복과 이병주 문학의 재발견」, 『문학사상』, 2006년 4월호.

- 김종회, 「이병주의 「소설 · 알렉산드리아」고찰」, 『비교한국학』 16, 비교한국학회, 2008.
- 김종회, 「지역문화 창달과 이병주 문학」, 한국문학평론가협회, 『한국문학평론』 34, 2008.
- 김종회, 「운명의 마루에 핀 사랑의 원념―「쥘부채」의 사상」, 김윤식 · 김종회 편, 『쥘부채』, 바이북스, 2009.
- 김종회, 「세속적 몰락의 두 경우와 해학-박사상회와 빈영출의 저잣거리」, 김윤식 · 김종회 편, 『박사상회, 빈영출』, 바이북스, 2009.
- 김종회, 「하동 이병주 기념사업의 문화산업적 고찰」, 『경남권문화』 20, 진주교육대학교 경남권문화연구소, 2010.
- 김종회, 「이병주 문학의 역사의식 고찰 : 장편소설 『관부연락선』을 중심으로」, 『한국문학논집』 57, 한국문학회, 2011.
- 김종회, 「영웅시대 후일담의 돌올한 존재 양식」, 김윤식 · 김종회 편, 『그 테러리스트를 위한 만사』, 바이북스, 2011.
- 김종회, 「이병주 소설과 문학의 대중성」, 『2015 이병주문학 학술세미나 자료집』, 2015.
- 김종회, 「이병주 소설의 공간 환경」, 『2016 이병주문학 학술세미나 자료집』, 2016.
- 김주연, 「역사와 문학-이병주의 '변명'이 뜻하는 것」, 『문학과지성』, 1973년 봄호.
- 노현주, 「이병주 소설의 정치의식과 대중성 연구」, 경희대학교 박사학위논문, 2012.
- 노현주, 「이병주 문학의 정치의식」, 『2012 이병주문학 학술세미나 자료집』, 2012.
- 노현주, 「이병주 소설의 엑조티즘과 대중의 욕망」, 『한국문학이론과비평』 55, 한국문학이론과비평학회, 2012.
- 노현주, 「정치 부재의 시대와 정치적 개인」, · 『현대문학이론연구』 49, 현대문학이론학회, 2012.

- 노현주, 「정치의식의 소설화와 뉴저널리즘」, 『우리어문연구』 42, 우리어문학회, 2012.

- 노현주, 「Force/Justice로서의 법, '법 앞에서' 분열하는 서사」, 『한국현대문학연구』 43, 한국현대문학회, 2014.

- 노현주, 「남성중심서사의 정치적 무의식」, 『국제한인문학연구』 14, 국제한인문학회, 2014.

- 노현주, 「이병주 소설의 대중성에 관한 고찰」, 『2017 이병주문학 학술세미나 자료집』, 2017

- 류동규, 「65년 체제 성립기의 학병 서사」, 『어문학』 130, 한국어문학회, 2015.

- 문경화, 「이병주의 『지리산』 연구」, 서강대학교 석사학위논문, 2010.

- 미국 시카고 예지문학회, 『미국·한국에서 함께 이병주를 읽는다』, 국학자료원, 2016.

- 민병욱, 「이병주의 희곡 텍스트 「流氓」 연구」, 『한국문학논총』 70, 한국문학회, 2015.

- 박덕규, 「이병주 문학의 문화산업적 활용 방안」, 『한국문학평론』 34, 한국문학평론가협회, 2008.

- 박민철 취재, 「한국문단의 거목, 나림 이병주」, 『시사문단』, 2005.5.

- 박병탁, 「이병주 역사소설의 유형과 의미 연구」, 경희대학교 석사학위논문, 2014.

- 서은주, 「소환되는 역사와 혁명의 기억 : 최인훈과 이병주의 소설을 중심으로」, 『상허학보』 30, 상허학회, 2010.

- 서지문, 「이병주 소설의 통속성에 대한 고찰」, 『2015 이병주문학 학술세미나 자료집』, 2015.

- 서지문, 「이병주소설의 통속성에 관한 고찰」, 『이병주문학 학술 세미나자료집』, 2015.

- 서하진, 「역사성의 소설, 그리고 작가 이병주」, 『2008 이병주하동국제문학제 자료

집』, 이병주기념사업회, 2008.

• 손혜숙,「이병주 대중소설의 갈등구조 연구」,『한민족문화연구』 26, 한민족문화학
　회, 2008.

• 손혜숙,「이병주 소설의 '역사인식' 연구」, 중앙대학교 박사학위논문, 2011.

• 손혜숙,「이병주 소설에 나타난 '식민지 기억'과 역사 다시 쓰기」,『어문논집』 53,
　중앙어문학회, 2013.

• 손혜숙,「이병주 소설의 역사서술 전략 연구」,『비평문학』 52, 한국비평학회, 2014.

• 손혜숙,「이병주 소설에 나타난 시대 풍속」,『한국문학논총』 70, 한국문학회, 2015.

• 손혜숙,「이병주 소설과 기억의 정치학」,『2017 이병주문학 학술세미나 자료집』,
　2017.

• 송희복,「문학과 역사를 보는 관점」,『2010 이병주문학세미나 및 강연회 자료집』,
　이병주기념사업회, 2010.

• 송희복,「생태학적인 시의 경관과 지역주의의 성취」,『2016 이병주문학 학술세미
　나 자료집』, 2016.

• 송희복,「소설가 이병주, 혹은 1971년 로마의 휴일」,『2012 이병주문학 학술세미
　나 자료집』, 2012.

• 신봉승,「역사소설의 사실과 픽션」,『한국문학평론』 35, 한국문학평론가협회,
　2009.

• 신예선,「해외에서 본 작가 이병주」,『한국문학평론』 34, 한국문학평론가협회,
　2008.

• 안경환,「이병주와 그의 시대」,『2009 이병주하동국제문학제 자료집』, 이병주기념
　사업회, 2009.

• 안경환,「학병출신 언론인의 글쓰기-이병주, 황용주의 경우」,『2011 하동이병주국
　제문학제자료집』, 이병주기념사업회, 2011.

• 안경환,「왜 '법과 문학'인가」,『2013 이병주문학 학술세미나 자료집』, 2013.

- 안경환,『황용주, 그와 박정희의 시대』, 까치, 2013.

- 안경환,「이병주와 황용주」,『2014 2차 이병주문학 학술세미나 자료집』, 2014.

- 안광,「사랑의 법적 책임」,『2013 이병주문학 학술세미나 자료집』, 2013.

- 용정훈,「이병주론」, 중앙대학교 석사학위논문, 2001.

- 유임하,「80년대의 분단문학, 역사의 진실 해명과 반공주의의 극복 '남과 북', '지리산', '태백산맥'을 중심으로」,『작가연구』, 2003년 4월호.

- 음영철,「이병주 소설의 대중성 연구」,『겨레어문학』47, 겨레어문학회, 2011.

- 음영철,「이병주 소설의 주체성 연구」, 건국대학교 박사학위논문, 2011.

- 음영철,「이병주 중단편소설에 나타난 포함과 배제의 정치성」,『한민족문화연구』44, 한민족문화학회, 2013.

- 이경재,「휴머니스트가 바라본 법」,『2013 이병주문학 학술세미나 자료집』, 2013.

- 이광호,「테러리즘-예술의 자율성과 익명성-이병주의 '그 테러리스트를 위한 만사'를 중심으로」,『2011 이병주학술세미나 자료집』, 이병주기념사업회, 2011.

- 이광호,「이병주 소설에 나타난 테러리즘의 문제」,『어문연구』41, 한국어문교육연구회, 2013.

- 이광훈,「분단문학의 새 가능성-'지리산' 전7권」,『문예중앙』, 1985년 12월호.

- 이광훈,「역사와 기록과 문학과…」,『한국현대문학전집48』, 삼성출판사, 1979.

- 이광훈,「'회색의 군상', 그 좌절의 기록 : 김규식과 유태림을 중심으로」,『한국문학평론』34, 한국문학평론가협회, 2009.

- 이광훈,「행간에 묻힌 해방공간의 조명」,『산하』, 한길사, 2006.

- 이동재,「대하소설의 창작 방법론」,『어문논집』66, 민족어문학회, 2012.

- 이동재,「분단시대의 휴머니즘과 문학론: 이병주의 '지리산'」,『현대소설연구』24, 한국현대소설학회, 2004.

- 이병주 남재희,「〔대담〕'회색군상'의 이론: '지리산' 작가와 독자가 이야기하는 생략된 역사」,『세대』, 1974년 5월호.

- 이보영, 「역사적 상황과 윤리-이병주론」, 『현대문학』, 1977년 2월~3월호.

- 이재복, 「딜레탕티즘의 유희로서의 문학-이병주의 중, 단편 소설을 중심으로」, 『나림 이병주선생 13주기 추모식 및 문학강연회 자료집』, 나림이병주선생기념사업회, 2005.

- 이재복, 「한 휴머니스트의 사상과 역사 인식」, 『2012 이병주문학 학술세미나 자료집』, 2012.

- 이정석, 「이병주 소설의 역사성과 탈역사성」, 『한국문학이론과 비평』 50, 한국문학이론과 비평학회, 2011.

- 이정석, 「학병세대 작가 이병주를 통해 본 탈식민의 과제」, 『한중인문학연구』 33, 한중인문학회, 2011.

- 이형기, 「이병주론: 소설 '관부연락선'과 40년대 현대사의 재조명」, 권영민 엮음, 『한국 현대 작가 연구』, 문학사상사, 1991.

- 이형기, 「지각작가의 다섯 가지 기둥-이병주의 문학」, 『나림 이병주 선생 10주기 기념추모선집』, 나림이병주선생기념사업회, 2002.

- 이호규, 「이병주 초기 소설의 자유주의적 성격 연구」, 『현대문학의 연구』 45, 한국문학연구학회, 2011.

- 임금복, 「불신시대에서의 비극적 유토피아의 상상력-'빨치산', '남부군', '태백산맥'」, 『비평 문학』 3, 한국비평문학회, 1989년 8월호.

- 임재걸, 「민족의 비극을 덮어둘 수 없었다」(이병주 인터뷰 기사), 『중앙일보』, 1985년 11월 19일자 10면.

- 임헌영, 「현대소설과 이념문제-이병주의 '지리산'론」, 『민족의 상황과 문학사상』, 한길사, 1986(*이남호 편, 『한국 대하소설 연구』, 집문당, 1997에 재수록).

- 임헌영, 「빨치산 문학의 세계」, 『분단시대의 문학』, 태학사, 1992.

- 임헌영, 「이병주 문학과 역사 · 사회의식」, 『2017 이병주문학 학술세미나 자료집』, 2017.

- 임헌영, 「이병주의 '지리산'론-현대소설과 이념문제」, 『나림 이병주선생 12주기 추모식 및 문학강연회 자료집』, 나림이병주선생기념사업회, 2004.
- 임헌영, 「기전체 수법으로 접근한 박정희 정권 18년사」, 『그해 5월』, 한길사, 2006.
- 임헌영, 「이병주의 역사소설과 이념 문제」, 『2014 2차 이병주문학 학술세미나 자료집』, 2014.
- 전경린, 「예낭, 낯선 곳으로의 망명」, 『2011 이병주학술세미나 자료집』, 이병주기념사업회, 2011.
- 전해림, 「이병주 소설에 나타난 남성 육체 인식」, 『인문학연구』 50, 인문과학연구소, 2014.
- 정미진, 「이병주 소설에 나타난 종교의 의미」, 『국어문학』 58, 국어문학회, 2015.
- 정미진, 「이병주 소설에 나타난 주체의 자기 분열 양상 연구」, 『어문연구』 86, 어문연구학회, 2015.
- 정미진, 「이병주 소설의 영상화와 대중성의 문제」, 『2015 이병주문학 학술세미나 자료집』, 2015.
- 정미진, 「이병주 『산하』의 다층적 서사와 구성과 의미」, 『국어문학』 59, 국어문학회, 2015.
- 정미진, 「이병주소설의 영상화와 대중성의 문제」, 『2015 이병주문학 학술세미나 자료집』, 이병주기념사업회 · 한국문학평론가협회, 2015.
- 정미진, 「'원한'의 현실과 '정감'의 기록」, 『2017 이병주문학 학술세미나 자료집』, 2017.
- 정미진, 「이병주 소설 연구: 현실 인식과 소설적 재현 방법을 중심으로」, 경상대학교 박사학위논문, 2017.
- 정영훈, 「역사와 기억」, 『2010 이병주문학세미나 및 강연회 자료집』, 이병주기념사업 회, 2010.
- 정찬영, 「역사적 사실과 문학적 진실-'지리산'론」, 『문창어문논집』, 문창어문학회,

1999.12.

- 정현민, 「오늘의 시각으로 본 〈정도전〉」, 『2014 2차 이병주문학 학술세미나 자료집』, 2014.
- 정호웅, 「『지리산』론」, 문학사와 비평연구회 편, 『1970년대 문학연구』, 예하, 1994.
- 정호웅, 「해방 전후 지식인의 행로와 그 의미: 이병주의 '관부연락선'」, 『현대소설연구』 24, 한국현대소설학회, 2004.
- 정호웅, 「이병주의 '관부연락선'과 부성의 서사」, 『나림 이병주선생 12주기 추모식 및 문학강연회 자료집』, 2004.
- 정호웅, 「망명의 사상」, 『마술사』, 한길사, 2006.
- 정호웅, 「이병주 문학과 학병 체험」, 『한중인문학연구』 41, 한중인문학회, 2013.
- 정호웅, 「이병주 문학의 공간」, 『2016 이병주문학 학술세미나 자료집』, 2016.
- 정홍섭, 「1970년대 초 농촌근대화 담론과 그 소설적 굴절 : 이병주와 이문구를 중심으로」, 『민족문학사연구』 42, 민족문학사학회 민족문학사연구소, 2010.
- 조남현, 「이데올로그 비판과 담론확대 그리고 주체성」, 『소설 · 알렉산드리아』, 한길사, 2006.
- 조영일, 「학병 서사 연구」, 서강대학교 박사학위논문, 2015.
- 최연지, 「이병주 『운명의 덫』과의 인연 – TV드라마 지식인 주인공의 한계」, 『2008 이병주문학 학술세미나 자료집』, 이병주기념사업회, 2008.
- 최현주, 「『관부연락선』의 탈식민성 연구」, 『배달말』 48, 배달말학회, 2011.
- 최현주, 「국가로망스로서의 이병주의 『지리산』」, 『현대문학이론연구』 55, 현대문학이론학회, 2013.
- 최혜실, 「한국 지식인 소설의 계보와 '행복어사전'」, 『나림 이병주 선생 11주기 추모식 및 문학강연회 자료집』, 나림이병주선생기념사업회, 2003.
- 추선진, 「이병주 소설 연구: 사실과 허구의 관계를 중심으로」, 경희대학교 박사학위 논문, 2012.

- 추선진, 「이병주 소설의 원형으로서의 『내일 없는 그날』」, 『인문학연구』 21, 경희대학교 인문학연구원, 2012.
- 추선진, 「이병주 소설에 나타난 법에 대한 성찰 연구」, 『한민족문화연구』 43, 한민족문화학회, 2013.
- 추선진, 「이병주 소설에 나타난 법에 대한 의식 연구」, 『2013 이병주문학 학술세미나 자료집』, 2013.
- 추선진, 「이병주의 『별이 차가운 밤이면』에 나타난 전쟁 체험과 내셔널리티」, 『국제어문』 60, 국제어문학회, 2014.
- 추선진, 「이병주 『지리산』에 나타난 여성지식인 고찰」, 『2017 이병주문학 학술세미나 자료집』, 2017.
- 표성흠, 「소설 『지리산』을 통해 본 이병주의 일본, 일본인」, 『2011 이병주학술세미나 자료집』, 2011.
- 해이수, 「이병주의 「예낭풍물지」에 나타난 공간 소요」, 『2014 1차 이병주문학 학술세미나 자료집』, 2014.
- 홍기돈, 「관념의 유희와 소설의 자리」, 『2015 이병주문학 학술세미나 자료집』, 2015.
- 홍기삼, 「생명의 존엄을 위한 옹호 – 이병주 소설 다시 읽기의 가능성」, 『2008 이병주 문학 학술세미나 자료집』, 2008.
- 홍용희, 「이병주, 지리산의 풍모」, 『한국문학평론』 34, 한국문학평론가협회, 2008.

문학의 매혹, 소설적 인간학

이병주를 위한 변명

초판 1쇄 인쇄 _ 2017년 7월 15일
초판 1쇄 발행 _ 2017년 7월 20일

지은이 _ 김종회

펴낸곳 _ 바이북스
펴낸이 _ 윤옥초
편집팀 _ 김태윤
디자인팀 _ 이정은, 이민영

ISBN _ 979-11-5877-026-6 93810

등록 _ 2005. 7. 12 | 제 313-2005-000148호

서울시 영등포구 선유로49길 23 아이에스비즈타워2차 1005호
편집 02)333-0812 | **마케팅** 02)333-9918 | **팩스** 02)333-9960
이메일 postmaster@bybooks.co.kr
홈페이지 www.bybooks.co.kr

책값은 뒤표지에 있습니다.

책으로 아름다운 세상을 만듭니다. — 바이북스